capa, ilustrações e projeto gráfico **FREDE TIZZOT**

encadernação **LABORATÓRIO GRÁFICO ARTE & LETRA**

revisão **SILVANA GUIMARÃES**

©Arte e Letra, 2022
©Herdeiros de Assionara Souza

Todos os direitos dos textos desta edição
reservados à Arte e Letra

Grafia atualizada segundo o Acordo Ortográfico
da Língua Portuguesa de 1990, em vigor no Brasil
desde 1º de janeiro de 2009.

S 729
Souza, Assionara
Cecília não é um cachimbo / Assionara Souza. – Curitiba : Arte &
Letra, 2022.

100 p.

ISBN 978-65-87603-21-6

1. Contos brasileiros   I. Título

CDD   869.93

Índice para catálogo sistemático:
1. Contos: Literatura brasileira   869.93
Catalogação na Fonte
Bibliotecária responsável: Ana Lúcia Merege - CRB-7 4667

ARTE & LETRA

Curitiba - PR - Brasil
Fone: (41) 3223-5302
www.arteeletra.com.br - contato@arteeletra.com.br

Assionara Souza

CECÍLIA NÃO É UM CACHIMBO

exemplar nº 188

Curitiba
2022

Para toda a minha família

"Cecília, és, como o ar,
Diáfana, diáfana.
Mas o ar tem limites:
Tu, quem te pode limitar?"

Manuel Bandeira

SUMÁRIO

Alfred e as cenas [Apresentação]......11

Anestesia......13

O amor estampa as revistas......17

Para fazer uma mulher dadaísta......23

Exercício do método......29

Cecília não é um cachimbo......39

Chamem uma ambulância!......43

... E olhando pra sua foto......49

Visitando Ismália......55

Platopoético (i)......57

Platopoético (ii)......65

D S T E L I T E R A T U R A......71

Cupido......79

Acaso: *modus operandi*......83

Não se reprima......85

Narrador ágil e veloz [Posfácio]......97

Sobre a autora......99

ALFRED E AS CENAS

Cecília não é um cachimbo João não é só a ideia fixa (e nem é pressa) Mago não é a natureza dos homens solitários Sá Maria não é o veneno da aranha Ismália não é um coração alienado Alice sonha e não esquece Mary Ann não permanece toda distração Madonna & Adorno nas fotografias não mostram que na boca Halls.

Chamem uma ambulância: aqui letra é bordado voz aqui é canto texto será tessitura. Portanto, como Cecília ou depois de Cecília, nunca mais ver sem se misturar. Aliás aviso aos navegantes: aqui a coisa de boiar faz o homenzinho nascer para as eternidades tão eternas. E assim, começa-se mesmo a achar que nunca se teve um caderno de desenho mas agora sim. Aqui é um.

Coisa de cinema. Assionara Souza deslizou o compasso e então os semicírculos tocando nos proibidos falando de amorfos e amarfanhados abrindo dando nomes fazendo existir insistindo e dando vez: desenhará um grande riso seríssimo. E o exercício. Uma velocidade — e você no meio — uma delicadeza — e você ali — uma surpresa. Outros códigos depois de conhecer esta escritora.

Hoje é o dia de amores à primeira vírgula. Os contos podem fazer de nós os bem-aventurados.

A uma pergunta do texto: — Sim, são capazes de cura os que sentirem.

Luci Collin

ANESTESIA

Véspera era pensar e esperar.
A cirurgia seria realizada de manhã muito cedo.
Andava sempre com a boca aberta. Corria assim, com a boca aberta. Entrava muito vento e desespero. Agora restava pressa e certeza. Resolveu resolver. Disseram que era simples. Bastava amputar aquela partezinha responsável pela chave fora-dentro/dentro-fora. Pronto! Tudo se resolveria. Disseram.

Não tinha mais idade para aguentar o tranco. O sintoma se especializara. Era muito arriscado andar nas ruas e viver a própria vida com uma oscilação tão frequente de fora-dentro/dentro-fora.

Quando era jovem, o coração disparava louco; secura na boca; mãos suadas. Nunca aprendeu a deixar sair.

Amansou o sintoma. Foi criando dentro do dentro. Quietinho. Salas e antessalas. Pantera de pelo frio e afiado. Crescendo à custa dos ossos do dia. Nenhum rugido.

Um dia isso tudo acaba?

Extensões do dentro que nem sonhava. Fim do caminho era o que não existia para tal felino. Sempre noturno, o avesso. Aprendizado zero. Se a chave mudava, outra a câmara em que caía. Cegueira. Vertigem. Distonia. Dessintonia. Pesadelos...

Um homem amarelo de unhas grandes e sujas. Sempre que sentia fome ficavam limpinhas. Mas logo voltavam a crescer e a tornar-se imundas.

O primeiro guardião à sua espera.

Cada vez que voltava, mais salas. Por isso tão perigoso quanto deixar-se estar lá dentro. A exigência de confiança quanto ao sair cada vez maior.

Palavras-chumbo. Se teimasse em acreditar, novos cortes. Fracassava humilhado. Atrás da porta fechada o riso do Homem Amarelo.

É você? Sinta-se em casa.

O vício mal. Nunca escapava de si. Manhã. Noite. Lá dentro só queda.

Se mostrasse as mãos, já se pronunciaria a invisível xícara de veneno.

Tentou fugas. Mudou de nome, profissão, amigos. Traçou por mil vezes o mapa da solução. Converteu-se a seitas. Confiou em milagres. Embriagou-se. Cantou. Dançou. Desenhou um grande riso à boca. Tomou Sol, quando houve Sol. Apaixonou-se, desesperadamente, apesar. Fumou cigarros. Contou, mês a mês, o suor do seu trabalho. Comprou seu pão. E quando tudo parecia bem...

Tudo nunca pareceu ir bem.

Ali, na linha da cicatriz, o inchaço pronto a supurar. Incomodando sempre; exigindo olhares; relembrando o perigo.

Atente, filho meu, para as palavras da minha boca!

Feito Caim, sabendo-se demônio, voltou a visitar, clandestinamente, o inferno. Desfez-se dentro e dentro. Como quem não se desse conta de si. O sem história e só.

Uma compreensão grande a respeito da qualidade de ser a que pertencia. O signo no meio da testa. O assinalado.

A aceitação veio em passos surdos.

Cortava aqui e ali planos futuros. Se caísse em tentação, o labirinto insustentável.

Emparelhar disputas significava condenar-se ao desprezo de seu Deus. Condenar-se à queda.

Abel chegaria antes. A mão divina ajudando. Provocando a fúria.

Seria divertida para Deus essa provocação?

Um desejo furioso que somente se expressava em violência contra si próprio e contra o vasto mundo.

Aprendeu silêncios. Perseverou.

Os habitantes do inferno divulgavam em sussurros a cirurgia.

Vingar-se assim contra Deus. Medonho.

Seriam capazes de cura os que sentiam?

A compreensão trouxe paz. Enfim.

No primeiro claro do dia, o Homem Amarelo veio. Pegou-lhe a mão. Seguiram.

Estava tudo em ordem.

O AMOR ESTAMPA AS REVISTAS

"Sairei correndo,
lançarei meu corpo à rua.
Transtornado
Tornado
louco pelo desespero".

"Lílitchka!", Maiakovski.

Às quatro horas da tarde. Era setembro.

O silêncio se permitia reger somente os sons que lhe interessasse.

A menina não tirou a blusa. Sabia que a mínima visão do seio mutilado poderia quebrar a mentira da perfeição em que estavam, até ali, fingindo acreditar. Mais um pouco, o corpo iria esquecer o mito e partir direto para a sensação.

Quando tudo se misturasse e o bicho quisesse sair urgente para lamber com delicadeza a polpa crua, a menina poderia despir-se inteira e exigir com o olhar mais doce que o bicho arrancasse de dentro dela aquela dor. Por enquanto, o exercício de encontrar cada mínima imperfeição e ir se afeiçoando a ela.

Os dois haviam se conhecido no clube secreto do amor. Sabiam absolutamente tudo um do outro sem nunca terem se visto.

Cada marca do corpo. Cada esperança secreta. Filme preferido: *O último tango em Paris.* Cena preferida: *A hora em que...*

Às nove horas da noite. Era outubro.

Fazia um calor infernal e o barulho dos carros na rua atravessava o quarto como se rasgasse o silêncio com uma grande navalha.

O menino deixou-se à cama de costas, apoiado aos cotovelos. A calça apertada pressionava o bicho que já tinha se decidido que não.

E agora?

Sem jeito, mas querendo arriscar, a menina... *ela um pouco gordinha!*, tirou a blusa e mostrou os seios brancos de bicos bem rosados.

O menino colheu-os com sua mão quente e suada e, em seguida, passou a cara imberbe, cheirando, mordendo e lambendo como um gato aqueles dois fartos pratos de leite com cereja.

Apesar de o bicho ter decidido que não, levantou a cabeça pontuda por mais de três vezes e baixou-a angustiado querendo convencer o menino de que não deviam estar ali e que tudo não passava de um grande equívoco. *Era tudo mentira, pô!*

Os dois haviam se conhecido no clube secreto do amor. Sabiam algumas coisas interessantes um do outro.

Cada marca de roupa. Cada lugar da cidade! Filme preferido: *A hora do espanto.* Cena preferida: *a hora em que...*

Às duas horas da tarde, o cara entrou no estacionamento do *Shopping Center,* piso tal, garagem tal.

Às duas e quinze, a dona entrou no estacionamento *Shopping Center,* piso tal, ao lado da garagem tal.

Às duas e vinte, o carro do cara saiu do *Shopping Center* com os seus vidros escuros fechados, ar-condicionado e som ligados:

— *Ah, você sabe que eu adoro essa música?!* — a dona disse isso conferindo o bicho que já se contorcia todo, querendo fugir do escuro e ser engolido por outro escuro.

— *Gravei esse cd só pra você* — respondeu o cara, exibindo uma cara bem tratada e dentes brancos e fortes que poderiam estar num comercial de *Sorriso, ah!!!*

No quarto de espelhos, o trato foi que nenhuma marca poderia ficar.

A dona virou-se de costas e o cara meteu o bicho muitas vezes no escuro da caverninha.

— *Putz! É meio peludo e não é uma caverniiinha, assim!* — não se sabe se o cara ou o bicho pensou isso, mas houve uma desolação momentânea...

— *Tudo bem. Concentrar! Concentrar!* — isso, sim, foi *ele* que pensou.

O cara gostava de cavalo com buraco na sela. E a dona era uma égua muito raçuda. Algo que fazia o cara sentir toda a ferocidade do seu bicho.

Aliás, a dona até parecia que tinha trabalhado em circo. Além de domar bem o bicho com suas massagens precisas, era uma engolidora de espadas de primeira.

— *Desse jeito eu vou querer ver você mais vezes* — disse o cara, consolando o bicho todo esfolado, enquanto a dona se vestia.

— *Ai, tá em cima da hora de pegar as crianças no colégio, cara! Isso não tá certo!* — a dona disse, retocando o batom depois de ter enfiado na boca três *Tic tacs*, caixa azul: *refrescância com menos de duas calorias!*

Os dois haviam se conhecido no clube secreto do amor. Sabiam o suficiente um do outro. Conta na mesma agência bancária, *Viu como não era mentira, cara!* Comida preferida: tailandesa. Raça de cães: dálmata. Filme preferido dela: *Dio come ti amo.* Cena preferida: Àquela *hora em que...*

Às seis horas da tarde. Era perto do Natal. As ruas ficavam bonitas, bonitas. Muito colorido e piscando. O homem duro atravessou a rua com cuidado. Os carros. Era muito perigoso atravessar as ruas. Nessa época era muito perigoso morrer de carro. Facinho se distrair com as luzes dos negócios que a prefeitura botava cheio de enfeite. Essas coisas assim. Isso é um dinheiro muito alto. Investimento. Enchiam a rua dos negócios de enfeite de Natal, sabe? Toda cheia, assim, com essas coisas. E as ruas da gente com cheiro ruim. O olho ia olhando olhando olhando. É *Natal! O centro da cidade nessa época do ano está repleto de ornamentos natalinos...* Distrai. O carro vinha. Pegava. Podiam botar umas luzinhas dessas nas ruas da gente. E nem era bom morrer justo naquele dia. Um dia difícil de passar. O coração, um negócio, assim. Apertado, sabe como? Um aperto dentro. Como, *qué vê?*, tomando o corpo. Tomando o corpo todo do homem duro. O dia inteiro trabalhando. Dentro do bolso da camisa, o bilhetinho. Escrito com a letra dela. Foi preciso. Muita vergonha ser gente grande assim e não saber. Esse negócio, assim. Não saber dizer uma palavra bonita. As letrinhas miudinhas, elas todas. Decifrar aqueles mosquitim pretos. Se ainda fosse número. Bordado de nó. Vai dando, assim, uma fraqueza nas pernas. Flores de doutores. O homem duro sabia os números todos. Os ônibus. A numeração das placas que cortava na fábrica. Duas notas de cem é igual a quatro notas de cinquenta. Quatro notas de cinquenta é igual a vinte notas de dez. Letra é parecido bordado. A mão pretinha. Letras desenhadas. A mão com aquele cheiro de pão. Entregou o bilhete. O coração crescia. O medo dos carros. As luzes. Jesus Cristo! Mão bonita. A moça da padaria. O homem duro passa o desodorante antes de sair da fábrica. Medo de morrer. No meio da rua. Foi o que o amigo leu: *eu queria era muito le vê oje ainda. Cinema pertio daqui: Gôst, de amor. Largo cete — 7 hora. te louvo muito.* O povo parado em frente às lojas. Coloridas as lojinhas. O Natal é o nascimento de Cristo. Tempo de Renovação. O povo gastando muito dinheiro. Vinte notas de dez dá um rolo assim de notas de cinco. As sacolas cheiras de lembranças. O homem duro não pode arriscar sua vida nunca esta noite. Morrer assim. Fica o povo parece que está a ver o próprio Menino Jesus. Antes de chegar e olhar dentro dos olhos da moça. As letrinhas. As pessoas de olhos fixos nas vitrines. Numa noite assim não se morre. Escondido atrás da porta, na firma. O beijo no papel. A tarde inteira o aperto. Os olhos fechavam sozinhos sem ninguém encostar. Por quê? O coração estreitando. Um negócio estranho que nunca na vida. É importante festejar o Natal com o espírito de renovação e sentimento de Vida Nova. O papel já amassado. As letrinhas tão bem desenhadinhas. Nunca na vida. Cego. Cego. Cego. Era só isso. Um cego. Um nada. Como oferecer qualquer coisa? O Céu e a Terra proclamam a Vossa Glória. Contar tudo. Natal é tempo de abrir o coração para o Bem Maior, o Amor, a Verdade. Dizer a ela que era um cego? O homem duro, muito suado, parou a um canto. Filme inglês é tão cheio daquelas letrinhas. As luzes todas. As vitrines das lojas. Os anúncios na fachada do cinema. Faltava muito pouco tempo. Um cego. Correu como pôde. As buzinas dos carros. Se morresse, que diferença? Um cego no mundo das luzinhas. Só um cego. O amor de Jesus é a salvação para todos aquele que andam nas trevas.

Em seu quarto, bilhete à boca. A moça não merecia um qualquer.

O homem duro chorou e dormiu e sonhou. A moça da padaria toda vestida de noiva. Vestido branco farinha de pão. As mãos bonitas. Teria ela ido ao cinema?

E se ele trocasse as notas de dez e de cinco tudo por notas de 1,00? Ainda os mesmos duzentos.

PARA FAZER UMA MULHER DADAÍSTA

Ao Valêncio Xavier

As duas coisas que João mais gostava de fazer era desenhar e tocar uma punhetinha.

Sempre com a prancheta em que já estava fixado um A4. E no bolso de trás de sua jeans, o ponta porosa Regente 2B. Todo dia, ao voltar do trabalho, entrava no banheiro do pequeno apartamento em que vivia e mandava bala.

A pia era um pouco baixa, mas como o legal era fazer as duas coisas de que mais gostava ao mesmo tempo, preferia usá-la de apoio para a prancheta. Além do mais, ajoelhado era a sua posição preferida. Pegava o tapetinho que a mãe fez com pano de chão e retalhos coloridos, dobrava-o em um retângulo fofo, assim o joelho não doía. E ficava lá, criando em traços mais geniais a mulher que ele imaginava foder.

João era um cara perfeccionista. E como todo perfeccionista, paciente. Sabia que não era simplesmente pegar a prancheta, fixar um Canson A4, apontar o Regente 2B e mandar bala.

Não.

Era, antes de tudo, um punheteiro mental. A punheta em si era somente a concretização de um processo que começava muito antes.

Aliás, João tinha uma teoria.

Para aliviar a melancolia que é própria da humanidade, seria preciso viver a planejar uma boa punheta. Ou que fosse uma boa trepada. Mas o importante é que, para toda ação, já esse objetivo se enunciasse. Como uma ideia fixa.

E era assim que ele agia.

O lance de desenhar era o elo principal entre o momento que antecedia o ato até a punheta de fato. Detestava a pressa.

Trabalhava como cobrador de ônibus. Pegava às nove e largava às cinco. Descia sempre num ponto perto de onde morava. Andava três quadras em passos lentos com a pranchetinha em punho. Não largava ela por nada.

De vez em quando, se tivesse que parar em algum sinal, olhava o desenho já iniciado, mordia os lábios numa cara de reflexão — pra não despertar suspeita caso tivesse alguém do seu lado — e segurava a prancheta com as duas mãos, cobrindo sua braguilha. Pressionando.

Aquilo o excitava, ficava louco.

Desde garoto era assim. Quando ficava só ele e a mãe em casa, era o melhor momento. Ela preparava o balde pra passar o pano no chão. Aquele vestidinho estampado. Aquele ventinho escondendo e mostrando...

Gostou da coisa.

O mal é que nem tudo o que desejava era possível realizar de imediato.

Tornou-se um platônico convicto. Ficava vendo a mãe pelo buraco da fechadura. Cãibra que dava.

Um dia ganhou de aniversário um curso de desenho à mão livre do IUB. Daí em diante passava o dia pra cima e pra baixo com a pranchetinha na mão. Treinando.

— Mãe, posso lhe fazer um retrato?

A mãe achava bonito.

— Mas tão pequenininho assim?

— Os olhos da cara uma folha dessas, mãe.

Depois era só criar em traços geniais as posições em que a mãe estava: batendo bife na cozinha; passando roupa na área de serviço; passando o pano na casa, bem lá embaixo do sofá, nos lugares mais difíceis de alcançar; ajoelhada no altarzinho que havia no quarto, com o terço na mão, rezando pra Nossa Senhora. O rosto sempre virado pra ele. Sorrindo. Com aquela cara amorosa de mãe.

O mais excitante era fazer as sombras que davam volume. Ele gostava de dar bastante volume. Bem devagar, com o dedão, seguia a curva das coxas até lá em cima em círculos vagarosos e firmes.

Um dia o pai achou os desenhos. Teve que sair de casa. Trabalhar pra se manter. Cobrador de ônibus era a profissão ideal.

No começo os passageiros estranhavam. Aquele sujeito sorridente, puxando assunto.

— A dona desce onde?... Ah, até o ponto final é o tempo de fazer-lhe um retrato.

Magras ou gordas, não importava. Era ele que ia torneá-las em círculos vagarosos e firmes.

Mas gostava das simpáticas. Ficava imaginando sua rotina em casa: batendo bife na cozinha; passando roupa na área de serviço; passando o pano na casa, bem lá embaixo do sofá, nos lugares mais difíceis de alcançar; ajoelhadas, com o terço na mão, rezando pra Nossa Senhora. O rosto sempre virado pra ele. Sorrindo. Com aquela cara amorosa.

Todo dia trazia para casa um rosto novo. A musa do dia. Entrava no banheiro do pequeno apartamento em que vivia. Pegava o tapetinho que a mãe fez com pano de chão e retalhos coloridos, dobrava-o em um retângulo fofo, que era pra não doer o joelho. E ficava lá, torneando sua musa e se satisfazendo.

Quando já era conhecido na linha, algumas passageiras frequentes traziam fotografia. Levasse pra casa. Fizesse o retrato com mais calma.

Essa novidade desestruturou um pouco o método. Gostava das coisas a seu modo.

— Só se eu puder ficar com o retratinho original. Prometo fazer em A3, sem cobrar nada pela arte.

Elas recusavam, de princípio, mas tanta era a vontade de ter um retrato artístico em casa, acabavam por ceder as fotografias.

Tinha-as para todos os gostos e modos. Sentadas à porta da frente, fumando. Segurando copos de cerveja. Sorrindo com cara de pilequinho. Envoltas em seus afazeres domésticos.

João curtia. Via em cada uma delas um detalhe que lhe fazia lembrar a mãe.

Foi quando lhe veio a ideia das colagens. Desenhar simplesmente já não lhe dava tanto barato.

As fotos eram coloridas. Mas agora ele é que as achava pequenas.

Queria uma mulher do tamanho da mãe. E que se parecesse com a mãe. A verdadeira, nunca mais poderia ver. Morta há uns três anos.

Soube disso por telegrama vindo dos confins, para onde havia se mudado com o pai. Nem dinheiro para ir ao enterro João pôde arranjar.

Tinha paciência. Foi organizando o plano para fazer a sua mulher do tamanho da mãe. E que se parecesse com a mãe.

Aproveitou seu dia de folga, pegou todas as fotografias e analisou-as por horas. E para cada uma delas, anotou em um pequeno diário o nome da passageira, idade, hábitos diários, horário que costumava pegar a linha, e, principalmente, a parte que elegera desse corpo para compor a mulher ideal.

Depois, com uma Pilot Marcador Permanente, ponta média, vermelha, traçou com muito cuidado os contornos das partes que lhe interessavam.

Pegou a tesoura. Iria começar o trabalho cirúrgico.

Recortou em seguida com atenção a linha marcada pela caneta. Era preciso paciência e delicadeza. Afinal, a colagem que faria depois tinha que sair perfeita.

Decidiu então começar a segunda parte do plano.

Precisava de alta definição ampliada. Mas fazer tudo em um único lugar podia gerar suspeita. No primeiro que foi perguntaram se ele era estudante de design.

— Aluno graduando do curso de Desenho Industrial do CEFET.

Por isso, achava útil conversar com os passageiros. Quando fazia a linha amarela, eram os alunos do Centro que lotavam o coletivo ao meio-dia. E sempre ficavam curiosos em relação aos seus desenhos. Puxavam conversa. O instigavam a fazer a escola técnica.

E João lá queria que alguém lhe ensinasse o que fazer? O curso do IUB foi o bastante para lhe iniciar no processo. O resto ele mesmo desenvolvia com a habilidade pessoal que lhe era peculiar.

Chegando em casa, abriu a grande pasta preta formato A3 em que estavam os xerox. Tirou em seguida cada pedaço um após o outro. Na ordem em que iam sendo puxados da pasta, João conformava-os de acordo com a posição que já planejara, conscienciosamente.

A mulher se parecia com sua mãe. E era perfeita.

Ainda que ninguém o pudesse compreender, João, dali em diante, tinha um objetivo. Sua sensibilidade de artista original não aceitaria somente uma musa de papel.

Pegou o seu caderninho e analisou cuidadosamente as informações.

Na manhã seguinte começaria uma nova fase de seu processo de criação. Era preciso dormir cedo.

Masturbou-se ali mesmo, olhando o buraco da fechadura que dava para um painel iluminado na salinha. Um retrato de mulher do tamanho da sua mãe.

EXERCÍCIO DO MÉTODO

Se eu não estivesse aqui dentro desse apartamento agora, certamente estaria andando por essa cidade maluca cheia de ônibus amarelos com seus motoristas mal-educados e escrotos. Ou talvez tivesse cansado de andar pois sentiria meus pés doendo e iria decidir pegar um ônibus e ficar olhando da janela de um deles as pessoas andando por essa cidade maluca, enquanto ouvia o motorista mal-educado e escroto dizer para uma senhora torta e velha que, já que ela não tinha o chamado cartão social, fosse logo tirando aquele corpo torto e velho de dentro dali. Mas agora estou aqui, dentro desse apartamento, pensando no cachorro que eu não tenho. Se ele estivesse aqui dentro desse apartamento, agora, certamente não haveria motivo algum para eu estar escrevendo sobre o cachorro que não tenho, uma vez que a falta do cachorro que eu não teria não iria existir, pois eu teria o cachorro e, sendo assim, ele não me faria a menor falta. É muito provável que eu estivesse, isso sim, escrevendo a história de um grande e fracassado amor, enquanto o cachorro que não tenho e que estaria comigo tentaria obstinadamente tirar as minhas meias com suas mordidinhas gostosas de filhote. Era também possível que, instantes depois disso, eu estivesse deitado sossegadamente no único colchão que há dentro do único quarto desse apartamento, lendo um livro e dando bons carinhos no pelo rente e liso do cachorro que não tenho e que estaria comigo; ele, com o seu jeito de cachorro, lamberia suas patas concentradamente com sua língua rosada e lépida de filhote. Todas as coisas seriam muito perfeitas nesse instante, pois cachorros, homens e literatura de alguma estranha maneira, se unidos nessa ordem de elementos, orbitam na mesma frequência do movimento que mantém as esferas todas do universo todo em harmonia. Mas agora estou aqui dentro desse apartamento pensando no cachorro que não tenho. Não quero me desviar desse pensamento por nada. Quero dizer, é bem possível que aconteça, como há pouco, alguma coisa que me obrigue a esquecer o cachorro que não tenho: o telefone tocou e ela disse que passaria aqui para deixar todos os meus "pertences", foi exatamente essa a palavra que ela usou. O fato é que ela não me pertence mais. Mas confesso que não quero pensar sobre isso agora, pois desviaria o meu pensamento da função que propus a ele hoje, neste instante e nos que se aproximarem: pensar no cachorro que eu não tenho. Isso é o que eu poderia chamar aqui de *exercício do método*. Somente é possível a um homem, ainda mais sendo um homem comum como eu, ter controle sobre os seus pensamentos. Não posso controlar o mundo. Não posso controlar as pessoas. Só posso, isso sim, controlar a mim mesmo. Uma vez que o que me controla são os meus pensamentos, tento racionalmente me manter na linha reta da ideia de pensar no cachorro que não tenho. E é preciso muito que todos saibam que a ideia de pensar num cachorro que não tenho não surgiu assim do nada. Afinal de contas, não quero que ninguém me tome por um sujeito louco e sem consciência que um belo dia avista um cachorro qualquer na rua e pensa que esse bicho qualquer poderia ser seu. Não. O fato é que eu tive um cachorro. Ou pelo menos a ideia dele. Este exato cachorro que hoje não tenho era o meu cachorro. E foi para ele que dei o nome de Mago. Agora que estou aqui, dentro desse apartamento, esperando que o interfone toque a qualquer momento e que ela suba com sua cara de decepcionada por tudo estar se arruinando desse jeito, penso no Mago e no quanto eu ficaria bem melhor se ele estivesse aqui dentro desse apartamento abanando o seu rabinho curto e aceso de filhote e mordendo as minhas meias enquanto eu escreveria um texto sobre a minha grande e fracassada história de amor. Iria ser muito bom, pois acredito que cachorros e literatura conseguem deixar um homem menos solitário e mais conformado se a mulher que ele ama decidir, de uma hora para outra, sair de sua miserável existência. O Mago seria mesmo uma companhia e tanto para mim. Mas não tomei a decisão certa quando deveria tê-la tomado. Talvez pensar no Mago agora seja mais sofrido por não ter considerado que a realidade só passa a existir se a tivermos preparado num tempo muito anterior ao que ela está existindo. É inútil por isso pensar no Mago agora. O cachorro que não tenho, mas que poderia ter. Não sei se darei conta de contar aqui como a coisa toda aconteceu, pois começo a me cansar disso tudo que escrevo. Se pudesse não estaria aqui, dentro desse apartamento, contando a história desse cachorro que não tenho. São quase seis horas da tarde. Certamente já teria me cansado de registrar a minha grande e fracassada história de amor. Certamente já teria ido ao único quarto desse apartamento, me deitaria no único colchão que há ali e tentaria ler um livro, enquanto isso eu daria bons carinhos no pelo rente e liso do cachorro que não tenho e que estaria comigo; ele, com o seu jeito de cachorro, lamberia as patas concentradamente com sua língua rosada e lépida de filhote. Instantes depois disso, seria hora de tomarmos uma providência, eu e o meu cachorro que não tenho e que estaria comigo. Talvez um passeio na praia, se nessa cidade maluca cheia de ônibus amarelos com motoristas mal-educados e escrotos tivesse praia. Se isso não fosse possível, eu olharia para o Mago e pensaria em buscar a sua pequena coleira de filhote e descer até a rua para que ele se distraísse ao ver passar ônibus amarelos com motoristas mal-educados e escrotos, que teriam sua existência conhecida por mim e ignorada completamente por ele e por seu nariz farejador, interessado, entre outras coisas, no cheiro recorrente da borracha dos pneus dos muitos veículos, incluindo os ônibus amarelos com os seus motoristas mal-educados e escrotos. No entanto, vejo que é inútil mudar tudo agora. Comprometi-me com esse *exercício do método*. E é nisso que me ocuparei até que o interfone toque e ela suba com todos os meus pertences, quando, de uma vez por todas, essa grande e insignificante história de amor terá seu oficializado fim. Por isso, é preciso vigilância nessa questão do *método*. Ainda há pouco, quando fui ao banheiro, tudo quase desmoronou. Por minutos pensei que deixaria de lado a minha convicção de pensar no cachorro que não tenho e passaria a me entregar com uma violência profunda à perda que sentirei quando, entregues os meus pertences e mutilada a minha esperança de tudo se ajeitar, ela descer o elevador, atravessar a rua e distanciar-se do meu olhar que a avista da janela desse apartamento enquanto fumo um cigarro para pensar que é filme o que assisto acontecer atrás da fumaça e que tudo vai ficar bem. Portanto, é urgente voltar ao *exercício do método:* Mago é um cachorro de três meses. Exatamente quando tudo entre mim e ela começou a desmoronar, ele nasceu. A vida é mesmo estranha e irônica. Nunca havia passado pela minha cabeça criar um cachorro. Ainda mais dentro desse apartamento minúsculo em que me encontro agora enquanto espero que, a qualquer momento, o interfone toque e o porteiro me anuncie, como muitas vezes fez, que ela está subindo. Mas essa será a última vez. Pela última vez, ela subirá; pela última vez entregará os meus pertences; e de uma vez por todas a nossa grande e significante história de amor terá o fim de sua existência. É exatamente isso que ela fará. Ela é uma mulher extremamente convicta. Sabe o que quer e não quer mais que exista dentro de sua existência um homem igual a mim. Esse mesmo eu que tenta, a todo custo, pensar no cachorro que não tem. Ela é mesmo uma mulher silenciosa e decidida. Nunca havia passado pela minha cabeça conhecer essa mulher. E agora penso que a vida é mesmo estranha e irônica, pois não quero de modo algum vê-la sair desse prédio, atravessar a rua e afastar-se definitivamente da minha existência. Por isso, precisava mesmo que o cachorro que não tenho estivesse aqui. Me daria consolo saber que, mesmo que esse grande e significante amor estivesse acabando, eu teria um cão. Saber que ele agora existe e que abana o seu rabo firme e aceso de filhote para alguém que não sou eu, faz-me sentir estúpido. Tenho a exata consciência de que não tomei a decisão certa quando deveria tê-la tomado. E tenho a exata consciência de que é preciso pensar no Mago agora e de que é preciso acolher em mim toda essa dor de não tê-lo aqui comigo. Pois há exatamente três meses, justamente quando tudo entre mim e ela começava a desmoronar, eu poderia, sei disso ajustar a tempo uma realidade que pudesse me proteger da falta que ela me fará a começar daqui a pouco. No instante em que o interfone tocar, que antecederá o instante em que ela descerá desse prédio, me deixando só, dentro desse apartamento, enquadrado na janela da sala, fumando um cigarro e pensando que nada é verdade atrás da fumaça que desfoca o ponto sólido e movente da mulher que não mais terei. E o meu cachorro que não tenho não estará aqui comigo. Tudo porque eu não pensei a tempo que poderia tê-la aqui comigo. Na verdade, jamais pensei em ter um cachorro. Mesmo assim, poderia ter ao menos desconfiado de que não havia a mínima possibilidade de antecipar a decisão de trazê-lo para minha existência. E que para mim, então, fosse tudo impossível. O lugar pequeno. A vida agitada. O que faria eu com um cachorro, naquele momento? Quando tudo se arranjasse, aí sim. Um lugar maior. Tranquilidade. O cachorro viesse e preenchesse o quadro. Não sabia que aquele era o exato momento de trazê-lo para a minha existência. Não sabia que era o momento de acostumar-me paciente aos seus hábitos descuidados de filhote. Homem e cachorro se ajeitam, agora sei. Agora que não o tenho aqui é que sei. E eu o queria. Na verdade, eu o quis. Embora ele nunca venha a saber disso. Eu quis aquele danado daquele cachorro. Aceitei-o. Era só o prazo de as coisas se ajeitarem, traria ele para a minha existência. O que eu ignorava é que a vida não funcionava por consórcio. Se era meu desejo aceitar naquele momento da oferta o cachorro que me era oferecido, pegasse ideia e coisa e trouxesse as duas definitivamente para a minha existência. Agarrei-me à ideia; prorroguei a coisa. Pedi que o amigo esperasse um pouco. Pegaria o cachorro quando tudo se ajeitasse. Naquele mesmo dia, há exatamente três meses, que foi quando tudo começou a desmoronar, disse para ela que havia ganhado um cão. Foi o que serviu para amansá-la um pouco da recorrência de ela querer saber o que eu realmente queria. Demos um nome: Mago. Por causa d'*O Jogo da Amarelinha*. Vida estranha e irônica essa. Não tenho agora o cachorro que teria. Trazer um cão assim, do dia pra noite? Mudar completamente a minha rotina? Não sabia da grande verdade: homem e cachorro se ajeitam. Não pelo homem, criatura egoísta e solitária. O fato é que cachorros amam. E isso para mim é hoje tão evidente que, às vezes, quando ando por essa cidade maluca cheia de ônibus amarelos com os seus motoristas mal-educados e escrotos vejo a fidelidade dos cães que seguem amorosamente os mendigos, os homens que suportam o mundo com seus carrinhos de recolher o lixo-limpo dos dias, as velhinhas tortas e velhas que, sem os seus cartões sociais, são expulsas dos ônibus amarelos com os seus motoristas mal-educados e escrotos. Os cães amam e estão dispostos a aceitar incondicionalmente criaturas egoístas e solitárias que o que sabem fazer da vida é adiar um desejo até que as coisas melhorem, até que a vida fique menos agitada, até o dia em que acontece alguma pequena e significante tragédia em suas vidas e eles sentem necessidade de ter um cão. Justamente como eu me sinto nesse momento. A bomba da espera repete o seu movimento pendular que a qualquer instante será rompido, pois certamente o interfone tocará e eu saberei que ela está vindo para ficar só o tempo de entregar todos os meus pertences e partir para nunca mais da minha existência. Faz-me sentir estúpido e covarde saber que, em algum lugar dessa cidade com seus ônibus amarelos guiados por esses motoristas mal-educados e escrotos, alguém que não sou eu está tranquilo e realizado por ter decidido aceitar, com toda a limitação de sua vida agitada e de sua casa incômoda, o pequeno filhote de cão que lhe ofereceram. O pior é que essa atitude só ressalta o aspecto egoísta de minha pessoa. Isso só prova que não tive coragem de trazer o cão definitivamente para a minha existência embora quisesse manter, em minha ideia, a certeza de que eu tinha um cão e tinha um nome dado por mim e por ela. Talvez por isso seja mais imensa a falta que esse cão que eu não tenho agora me faz: saber que ele era o meu cão e que estava pronto para me amar e dividir consigo essa minha existência egoísta e solitária. Só agora sei que homem e cão se ajustam. Só agora sei que haveria momentos em que eu olharia nos olhos do meu cão e o acharia muito parecido comigo de tanto que nossas vidas teriam se misturado. Eu não seria mais o seu dono. Seríamos um para o outro: cão e homem. Conviver com um cão, eu descobriria isso muito depois, muda a natureza possessiva que homens solitários e egoístas como eu desenvolvem enquanto adiam seus desejos até que as coisas melhorem, até que a vida fique menos agitada. Não sei para que me serve ter conhecimento de todas essas coisas só agora, que já se passaram três meses depois que tudo entre mim e ela começou a desmoronar. O que importa mesmo até aqui é perceber que a ideia do cão que não cheguei a ter serviu-me tanto ao *exercício do método* a ponto de me fazer não pensar por muito tempo nela e em nossa grande e significante história de amor que começava a terminar no exato instante em que o interfone tocou, que antecedeu o instante em que ela subiu até esse apartamento onde me encontro agora, que antecedeu o instante em que ela saiu desse prédio, que antecedeu o instante em que ela se distanciou do meu olhar enquanto eu fumava um cigarro e pensava que era tudo filme o que se passava atrás da fumaça e que tudo ia ficar bem.

CECÍLIA NÃO É UM CACHIMBO

O cachimbo é um cigarro que já vem com cinzeiro.
E aqui temos três coisas: um cachimbo; um cigarro; um cinzeiro. Sendo que a primeira: o cachimbo, como se disse antes, pode reconhecer-se como uma junção da segunda: o cigarro; e da terceira: o cinzeiro.

Mas cigarro é só um nome que se dá a uma coisa: o cigarro. O que isso significa pode ser encontrado em outras coisas. No conhaque, por exemplo; ou até num poema. E o cigarro significa: "o que não é o que devia ser".

Mesmo gritando, gemendo ou tocando uma valsa vienense "o que não é o que devia ser" jamais será. E Cecília sabe disso.

Sobre o cigarro, o passarinho disse: "o cigarro é uma maneira sutil e disfarçada de suspirar". Enquanto Vasko Popa, contando nos dedos de sua memória poética, enumerou elementos no cinzeiro: "o sangue de um batom barato amamenta/os corpos mortos das pontas de cigarro", etc. antes e etc. depois.

Ainda assim, o que mais me impressiona, de fato, é ver o diabo sumindo na fumaça do cachimbo de Sá Maria!

Os dentes nenhum de Sá Maria sorriam enquanto o diabo sumia, sumia, sumia... até de todo sumir.

Sá Maria. Só Sá Maria é quem podia: com aquela perna torta de veneno de aranha; com sua dor de cabeça que fazia ela chorar; com aquelas rezas todas de menino se aquietar; só Sá sabia, só Sá podia. Aquietar a menino quando o diabo lhe sorria. O diabo era tudo o que ele não tinha e queria.

Xô, diabo!
Vá-s'imbora!
X'istopora!
Xa'o menino s'aquetá.
Tá em tempo'inda não,
D'ele' í desse lugá.
E o diabo ia sumindo até de todo sumir.

Mentira! Sá Maria já sabia que o menino ia engolindo quantos diabos surgissem. Empurrando para dentro da alma de ferro. Assim eles iam crescendo, até ficar bem grandes. E quando à noite também lhe desse vontade de se matar, ia acendendo os cigarros e espantando os diabos, até que rompesse a manhã. Cada suspiro, um diabo a menos. Cada sarro decomposto, outro diabo no cinzeiro, morto e torto, feito um anjo desses que vivem na sombra.

Havia muitos diabos, porque a tarde era de chumbo, e formas pretas. Escute, escute! Está passando um anúncio no rádio. Luiza desapareceu! Não adianta chorar sob o leite derramado.

Quando chegasse a noite, ou às duas horas da tarde, o diabo inevitavelmente ia tocar o seu flautim e divertir-se às custas do menino. Um dia ele vai embora! Mas ele nunca vai embora. O menino é quem vai embora de mãos pensas, avaliando o que perdera. Seguir seguindo a estrada pedregosa, onde as sementes caíram. No meio do caminho.

Essas coisas todas ficam impregnadas em Cecília. Embora não sejam vistas ou tocadas, a impressão existe. E a impressão é ferro, pele e dor. Signo-reflexo que converte tudo quanto recebe no próprio signo-imagem. Jogo de espelhos.

Cecília já não sabe mais ver sem se misturar. Nem mais escuta ou toca ou verte sem estender a própria existência à coisa ouvida, tocada, sentida.

Se o objeto em que Cecília esbarra fosco, fosco, fosco, abrir-se coisalmente... Ora!

— Cecília não é um cachimbo!

Se o cachimbo não existisse, mesmo havendo o cigarro, mesmo havendo o cinzeiro onde conter as cinzas do cigarro, mesmo havendo Cecília que fuma o cigarro e joga nele as cinzas enquanto chora e lamenta cada um daqueles diabos de desejos mortos pelas próprias mãos, mesmo assim, não haveria a menor possibilidade de confundir qualquer um desses seres: Cecília, cigarro, cinzeiro, com o que não existe.

Cecília poderia muito bem decidir que este seria seu último diabo morto. Mas Cecília não é um cachimbo. Não sabe pender as mãos e recusar a imagem majestosa e circunspecta da máquina aberta. Quando vê, nem era a máquina certa. Só o diabo estendendo-lhe mais um cigarro.

E Sá Maria não há mais.

Mesmo que Cecília não se chamasse Cecília, mas Marina ou Irlívia, isso não seria uma solução, pois o diabo é que Cecília sempre se comove.

Talvez quando o beijo deixar de ser a véspera do escarro, aí, sim, Cecília apague o seu último cigarro.

CHAMEM UMA AMBULÂNCIA!

Ei. Venham! Venham!

Aquilo era legal pra caralhus! E tinha também um espaço mínimo entre a decisão e a sensação que, com certeza: cabeça de negro ia, via, fazia.

Mas, porra, se não houver silêncio suficiente, já era.

Por favor, é preciso silêncio. Joguem aqui aquelas duas moças mãos dadas lágrimas e paixão. E ali... mas, não. Sem atenção suficiente é impossível. O que aqui se fala é perfume de palavra. Aquele dia na chuva, *estrelas percorrendo o firmamento em carrossel*, ninguém sequer olhou pra ela. Ninguém. Por favor, sejam complacentes, homens. Alguns himens não o são?

Pois bem. Vamos!

Vermelho negro braço esquerdo lado do coração. As médicas cirurgiãs:

... mas nós não temos uma música estamos juntos faz ano e meio, e não temos uma música sabe? aquela coisa de dizer, "nossa música" ... [STRANGERS IN THE NIGHTparanranranranSTRANGERS IN THE NIGHT: eu ela vodka solidão brutal. Extremamente brutal. Depois a moto. VIVER É BOM NAS CURVAS DA ESTRADAAAAA SOLIDÃO QUE NADAAAA. No meio do caminho, cerca de arame farpando vermelho dentro do meu braço esquerdo lado do coração... Porra, como pode não ter uma música?] ... acho que ele não gosta de mim... tá mais por comodismo... [Cretinas!].

Depois vai deixar uma marca. Mais um equívoco naquele corpo. A porra do corpo era foda; tem que ter atitude, caralhus! Quando usava o cabelo black, paravam o cara na rua: *Aí, negão, puta cabelo!* Na Escola de Belas: *Filho, olha o cabelo daquele cara!...*

Mas as belas, onde?

— Meu, qual a coisa mais importante q'cê acha?

— Sexo!

— **Éééé!**

E ficava naquele esquema: punheta, rock'n roll, cinema.

No sério, havia as coisas sérias. Livros: grego e latim, o negro. Já que o clitóris não vinha, curava a espera com heráclitos, homeros, heródotos, hábeis antídotos aos doutos leigos nas artes eróticas... hummm, Sade, Sapho, Catulo... Caralhus!!! [Sim, sim, Hipócrates foi o pai da medicina, daí os médicos herdarem o *hipocritus condutae...*].

Silêncio, por favor! Vamos seguir.

O cara tem estilo. Isso eu ouvi dizer de uma menina perfeitamente linda que bebia uma dose de Xiboquinha com a gente lá naquele bar que imitava muito bem qualquer boteco em Paris na época em que Kid e Richard se conheceram. E tem mais, não farei o menor esforço pra que vocês acompanhem as minhas subordinadas, pois, quando menos esperarem, jogo uma curta e rápida.

Eu e o negro muito devorando a menina com os dois olhos cada qual e os dela.

— Fala um pouco de russo pra gente!!!

— Você é um puta cara estiloso! — ela disse.

— Sóóóó!!!

44

Joga mais fio, Ariadne, que acabo de lembrar um episódio muito remoto: na cidadezinha em que os caras passavam o dia subindo e descendo, descendo e subindo, o negro gostava de pisar as notas musicais de um Pink Floyd. Porcos voando no lado negro da Lua. E era preciso com os irmãos compartilhar as viagens que os tais faziam à cidade grande e comprar as novidades pra curtir com os caras que passavam o dia subindo e descendo, descendo e subindo.

Tudo combinado. Mocou debaixo da cueca limpíssima aquela parada pra matar na casa da irmã gostosa mais velha do melhor amigo filho de rico que havia na cidade grande.

Bicho, perder o cabaço aos treze anos é foda. Nunca conseguiu, mas sempre tentou. Difícil pra caralhus!

— E aí?

— E aê?

— Pô, cê tem um puta cabelo.

— Só!

Entrou.

Fingiu que tudo era normal; maior entrega é pobre xereta que fica na admiração das casas chiques. E a mina foi logo perguntando da parada e se a parada... Beleza que sim. Então no embaço da agitação letiva saiu irmã, saiu irmão e ficou ele e os porcos voadores no lado negro da lua daquele puta ap.

O jeito que tinha era curtir na boa o intervalo da espera.

— *Oê! Tudo ceritinho aê? A geintchi vai demoarar um pouco! Fica aêê, ceritinho.*

Meu filho, o negro abriu a parada e matou inteira ali no alto de seus treze anos. Logo mais, multiplicaram-se os porcos e a Lua foi ficando de todas as cores.

45

Dez horas da noite, tava ele lá, tocando a invisível guitarra, quando a burguesada eclodiu em peso, já perguntando o que se tratava aquela balbúrdia toda.

Nunca mais esqueceu a porra da palavra "balbúrdia". Por causa da tal, o negro dormiu no terminal rodoviário mais podre daquela grande merda de cidade grande e pela manhã mendigou até o último centavo sua passagem de volta.

Mas como mãe é mãe e a notícia chegou antes, ainda pôde tomar umas surras que era pra negro aprender a ser pobre, mas honrado.

Isso tudo cartazes antigos. O filme da vez é outro. O negro é bom. O negro é belo. Fala pouco pra evitar sapos alheios entrarem em sua boca. Mantém bons hábitos higiênicos. Preserva os dentes brancos a um vinho muito barato e, quando sobra, por que não?, uma boa vodka.

Pra completar, ainda cultiva aquele amigo que lhe ensinou múltiplas táticas pra uma boa punheta solitária no meio da madrugada. Esse cara é foda. Tem uma mãe que parece mais o coala estriquinado do desenho. Quando você pensa que ela foi embora é um tal de "se vocês precisarem de alguma coisa é só dizer, tá?" o tempo todo.

Mãe também é um troço foda mesmo.

A mãe do negro, por exemplo:

— Alô?

— Filho!!!

— Alô? Seu Aranha? É o senhor, Seu Aranha?

***

: O namorado da mãe.

Parecia o Carlos Drummond de Andrade, mas assim como se o poeta tivesse derretido muito na cara e fosse se desmanchar a qualquer momento. Se ele fosse vivo. É lógico. Pra bom entendedor, porra.

Pois o tio Drummond das carnes moles começou a simpatizar com a mãe do negro, que era (sim, sim, sim!) viúva. E o negro foi achando aquilo estranho, mas melhor não, já que a Dona Maria tinha agora tintas novas no cabelo e também as unhas feitas pela Zenilda, manicura e vendedora da Avon, *a seu dispor*, que vez por outra vinha com aquele shortinho jeans, sabe como?, na casa do negro, menino!, pra vender os seus produtinhos.

— Entra, Zenilda, a mãe já vem receber você.

Quem sabe um dia a Zê não ia dizer "Ai, entra tudo, meu negro".

Sexo é sexo. É ou não é, meu amor?

***

— Fala, Seu Aranha! O que é que houve?

— Chame uma ambulância!!! Chame uma ambulância, filho. A Maria não passa bem.

O negro saiu com aquele jeito de quem vai resolver a coisa no grito. Vocês não adivinham?! Seu Aranha lá: derretendo mais do que o normal, e a Dona Maria, boa mãe, sempre muito boa mãe. Era uma mulher! O negro envergou-se só de olhar e reconhecer nela uma igual a tontas outras, benditas enganadoras. Então essas artes já se nasce sabendo, é, Dona Maria?!

— Todos os mineiros são sem preste!!! Ela dizia e soluçava.

Ah, fingimento mentidor, ali, na frente do filho! Abrisse o chão e o negro caísse dentro só pra não ver aquilo!

— Ontem, meu filho, eu a Maria discordamos.

Negro belo. Negro bom.

No dia em que ele lambeu a coisa oblíqua e dissimulada da moça vadia que a oferecia pelos quatro cantos da cidade, foi com muita tristeza por saber que aquela foda de nada valia se não era na moça branca e gostosamente esperta que o desprezara tal fizera sua mãe ao seu Aranha:

— Uma ambulância, por favor. Urgente! Uma ambulância em cada esquina da cidade pra esses corações aflitos de poeta derretido!

E chega! Pode ir, você.

Podem ir.

Que fazem ainda aqui?

Vão!

Xô!

... E OLHANDO PRA SUA FOTO

Sei nadar.

Assim, nada extraordinário. Numa piscina a coisa fica menos feia. A delimitação do espaço. A previsão fácil da água. As bordas ali ao alcance. Isso tudo me permite cumprir o percurso todo com certa tranquilidade.

No mar não dá muito certo.

Talvez por esse motivo nem possa dizer que sei nadar.

Geralmente, quando se trata de saber ou não nadar a coisa fica um tanto imprecisa. Por exemplo, quando vem uma pergunta do tipo "você sabe nadar?", o cara que pergunta não está pensando em piscina, muito menos em um percurso de 25 ou 50 metros.

O cara está pensando em uma situação de naufrágio. E se o interrogado responde que sabe nadar, significa dizer "sim, eu escaparia de um naufrágio".

Já pensei até em responder que não sei nadar. Mas aí também complica tudo. Quando se responde que "não", o cara que pergunta pensa logo que a gente não consegue sequer atravessar uma dessas piscininhas.

Impasse dialético. E eu não suporto impasse dialético.

Tenho dores físicas em situações assim. Vejo-me dentro da minha cabeça, pequeno e caindo em círculos. Como na abertura daquele filme de suspense daquele cara que dirigiu vários filmes de suspense, ele é gordo e sempre aparece nos filmes que dirige e a gente tem que encontrar o cara quando ele aparece... *Vertigo*, o nome original do filme. Eu gosto de dizer o nome original do filme. Geralmente, ninguém sabe o nome original. Isso, esse cara mesmo! Mas ele já morreu.

Fico assim. Minha vista escurece. Meu estômago vira um caldo grosso e fervente. E eu sei que se não me safar urgente dessa situação vou vomitar ou sentir suor frio e arrepio na espinha e quando a coisa sair vai sujar tudo.

Nessas horas, minha mente começa a fazer várias associações. Nenhuma serve para o bem. É quando constato: não sei nadar.

A piscina vai ficando muito cheia e ninguém me disse que, quando menos se espera, aquela abertura se transforma num grande canal. Meu corpo a caminho do mar. Meu corpo insignificante em relação ao grande alto mar.

A palavra não sai. Só a sensação de vertigem.

Alfred, faça alguma coisa! O homenzinho grita. *Baixe um pouco essa música de suspense e corte a cena, cara!*

E eu começo a achar o homenzinho que gira dentro minha cabeça completamente ridículo pedindo socorro. Olho para os seus pés. Não servem para absolutamente nada. Não fixam o chão. Como tentam em vão alcançá-lo!

Em alto mar, os pés não servem pra nado. Não há a segurança das bordas da piscina. O perigo de ficar batendo os pés em alto mar é a possibilidade da cãibra. A rigidez. O impasse dialético. E eu não suporto o impasse dialético.

Mas eu já disse isso antes. Vou tentar não ser tão repetitivo. Sempre tento não ser repetitivo. Não ser previsível.

Se você ouvisse isso agora ia achar ridículo.

É, não tenho me sentido muito bem ultimamente. Dores. Muitas dores físicas. Sou um tolo solitário que nunca enfrentou o mar. Mais uma vítima de afogamento.

O problema é que, no amor, todo marinheiro é amador... Seria muito fácil amar se cada um dos amantes, quantos fossem o par, recebesse de imediato o manual básico de desafogamento.

Mas não. Nunca se pensa que aquela piscininha segura do começo pode e vai (nem sempre — há quem fique só na piscininha), a qualquer momento, se transformar num vasto oceano cercado de horizontes por todos os lados.

É muita perspectiva, cara! O homenzinho não nasceu para eternidades tão eternas. Afoga-se.

Tentar usar os métodos do nado em piscina nessa hora é completamente inútil.

O mar exige outra sabedoria: aprender a boiar.

Coisa perigosa de se fazer em piscinas. Corre-se o risco de bater a cabeça em algum outro nadador (na piscina, os outros nadadores nunca são virtuais) ou até mesmo nas bordas, um perigo que antes servia de proteção.

Boiar é para o mar. Para os grandes braços do mar.

Quantos naufrágios ainda virão antes que eu aprenda?

A verdade é que desprezei todos os métodos. Na segunda série do primário, aquela professora sorridente me ensinou que *a Terra é redonda, mas a gravidade permite que o homem não caia.*

Depois vieram os círculos imaginários que dão muitas voltas em todo o diâmetro gigantesco desse nosso planeta azul.

Era muito gostoso deslizar o compasso e ver surgir os semicírculos imaginários e imaginar que do outro lado, o que a folha do caderno de desenho não mostra, a linha continuava segura e plena!

O mar tem limites! Por mais que todos os horizontes o cerquem, atrás deles, ou melhor, adiante deles — porque o homem não aprendeu, racionalmente, a andar em círculos, mas somente em linha reta — há uma praia firme onde os pés podem novamente fixar-se.

A supremacia do corpo.

É preciso muita confiança e certeza quando se está em alto mar; a olho nu jamais se pode enxergar a borda alta do continente em que repousa o mar. É como olhar dentro do olho do outro e se ver. Uma sensação estranhíssima.

E essa coisa de boiar é meio epicurista.

Não há necessidade de ficar comendo folha de alface e queijo branco pra ficar leve e poder boiar. Não é disso que estou falando. Até mesmo o cara gordo que fazia aqueles filmes de suspense em que ele aparecia e a gente tinha que descobrir quando — começo a pensar agora que isso era técnica sensacional para que o espectador ficasse atento ao enredo do filme... interessante!... Pois bem, até mesmo esse grande cara seria capaz de boiar, pois a questão filosófica aqui é: abolir o desejo individual. Boiar é esquecer o próprio corpo.

É, sim! Não é com o corpo que se deseja? Individualmente. Mas isso só serve para quem pretende nadar em piscinas. Aos grandes navegadores, cabe o perigo e o abismo de se desejar com o espírito.

Eu sei que o carinha feio e legal diz que o corpo deve se entender com outro corpo... Mas não é nisso que estou pensando agora. E também não posso aqui me dar ao luxo de pensar em círculos. O fato é que o espírito é muito leve. E flutua no oceano. Boiando se enxerga o grande céu. Se vê dentro do olho do outro.

Você certamente diria que eu não estou sendo nada prático. Que estou, sim, pensando em círculos. Você e sua alma de 50m x 50m. Nem sei se valeu a pena.

Definitivamente, parece que a gente nunca saiu da piscina. Começo mesmo a achar que você nunca teve um caderno de desenho.

Você sabe que eu sempre fui cruel, baby!

Eu poderia sair todo sujo e preservar você. Mas não. Vinganças abstratas também aliviam a dor. Não hesitarei em resolver com sua foto a falta de papel.

Pedacinhos de você boiando com a vertigem malcheirosa que sua ausência me causa.

Assim é fácil conhecer o oceano.

VISITANDO ISMÁLIA

A febre voltou. Viu nuvens onde não devia ver. Altas e atrás de outras tantas e uma Lua branca que, de tão sólida, gasosa. Leve. Flutuando.

Acendeu um cigarro. Coração alienadamente. Quando assim, compassos dispersos e um ar de olhos alheios. Fumo indo dar nas nuvens que a febre fazia surgir. Filtro à boca. Nuvens dentro de si; Lua vermelha pulsando no céu corpo.

Dali, tecia pensamentos enquanto anoitecia.

Realidade em procissão profusa. Uma e outra Lua absurdas.

.... SOMENTE HOJE REAPRESENTAREMOS A REPRISE DO ÚLTIMO CAPÍTULO DE: *Quando as coisas se repetem*..........................; o rosto intacto agora guardado entre flores onde no escuro mais escuro aguarda recompor restos mortais; .... no quarto, a senhora; nem mais rosto; memórias povoando a sombra das retinas; .... no sonho, antes mesmo de tudo acontecer, um bebê coberto com um lençol negro.............. os corpos são mais pesados quando sem vida; .... a vida daquela senhora não tinha leveza; .... carregava mortos no olhar.................... lembrou-se também do homem sério caminhando silenciosamente na manhã que feria a escuridão; ele mesmo tramando; por não suportar sentir; .... depois tudo transformado em fotografias e lembranças ....

....

Acima e abaixo, automóveis e aviões e automóveis. Seres mecânicos entrecruzando artérias da cidade vislumbrada do último andar. Sangue luminoso escorrendo no asfalto. Fumaça seduzindo embora céu afora. Dança n'alguma invisível música. *Go look at your eyes/ they're full of moon.* O céu, se pudesse; coágulo branco de Lua ignota pulsando leve no azul. Ou o mar; vermelho das luzes dos automóveis. Pés querendo imensidões, quando. Assim, puxando-a. Alma em duas brancas amplas asas banhadas de luz plenilunar e uma sua rubra Lua no peito a pulsar.

; de par em para: desceu ao céu; subiu ao mar;

PLATOPOÉTICO (I)

De 2000, uma tarde agosto.
Andando. Toda a intenção de. Sem saber ao certo: intuindo. Indo. Ouvindo vento vindo e batendo no ela sendo. Linguagens. De suas predileções, a mais. As coisas todas crescendo ao pulsar de horas. A aproximação arrepiando pele poros e esperas. Hoje e um acumulado de lembranças dizendo que sempre assim e que talvez quem sabe. Alegria estúpida de achar que era o dia.
(É hoje o dia de minha felicidade?)
O colorido das ruas. 100% de garantia: óculos de grau. Isso dava uma vontade absurda de acreditar. Quando mais era corpo. Desejo de sequestrar qualquer olho que batesse em sua retina. Um homem. Um homem outro. Um outro homem. Ônibus. Moça passando. Moça esperando. E os feios também. E os belos. E os cachorros que costumam seguir os mendigos. E os mendigos.

Vermelho. Verde e Amarelo. O ouvido filtrando sons pelo fone: ... *segredos de liquidificador.* Correspondências.

Quando abriu a porta viu que estava lá.

Seu vestido azul com avental branco. O olho ali se abrindo perguntativo. Quis porque quis saber dela as ideias.

Apresentaram-se. Com alguma relutância da parte de Alice. Garota extremamente desconfiada. *Eu sou muuuiiito desconfiada.*

Vontade exigindo pressa, descendo pelas pernas, subindo pelas costas, arranhando a nuca, até as pontas dos dedos: desejo.

Sim. Amor à primeira vírgula. Embora soubesse já de antemão que os afetos de Alice não passavam de excessos de caprichos. Um arquivo de sentimento represado. Sem uso. Isso possibilitava que a moça fosse gastando o excedente. E mesmo porque, impossível não gostar de Alice. Irritantemente irresistível. Todos os arroubos de menina mimada. Querer para Alice era já antes de nascer. O pai aflito a procurar desejos às três horas da manhã. Todas as noites e todos os dias.

Agora sua vez de agradá-la. Engradados de agrados eram pouco.

Fazia. Fazia tudo. *Sim. Sim, Alice. Eu também, Alice* — às três da manhã — *e se você quiser e mais e sim e sim.*

1ª CARTA:

Preciso dizer. Ontem acordei assustada com o toque do telefone. Não havia toque, meu bem. Eu, sobrevivente de guerra, ando ouvindo o tempo todo o maldito barulho. Atendo aos falsos e reais chamados. Nunca é você.

Você me adoeceu de tal maneira que já nem acho salvação em suicídio:

"Para onde? Esperem... por favor, esperem. Não posso sair de casa. O telefone vai tocar. Por favor, me visitem, porque esse mundo aí fora não me diz respeito. Se quiserem, venham me ver...".

Estou ficando louca, Alice.

Já não quero ver ninguém. Ninguém que não seja você.

Não sei se já falei, mas desde os nove anos de idade a ideia de fim. Eu já falei, Alice? Um dia em que havia uma sala. Mui-

to calor acentuando o cheiro das flores em volta da morta. Os seios túrgidos e o leite manchando a blusa azul. Seios estúpidos. Ignoravam a inexistência de vida naquele corpo, embora morto, embora belo. Como se o choro do bebê de três meses obrigasse o leite a sair da morta. Eu vi tudo e não pude fazer nada. O cheiro das flores. O choro de bebê. O leite manchando a blusa azul. Eu não pude fazer nada, Alice. O tempo à roda de mim. O tempo devorando-me com seu olho maligno. E aos nove anos eu soube da inconstância de tudo.

Beijos. Fique alma grande.

A HISTÓRIA É ASSIM

, quando se apaixonou, a miopia serviu-lhe para achar que era realmente amor. Entregou-se. No mesmo dia, ao dobrar uma esquina, pensou ter encontrado o próprio destino: *Você por aqui? Não, eu não sabia. É mesmo? Vai, me conta... tenho aprendido nomes de flores e de frutas: buganvílias, nêsperas... mas a insônia não me deixa esquecer. A minha irmã mais nova se chama Ofélia e minha mãe teve doença mortal. Ah, eu contei pra você aquela ideia que eu tenho de escrever uma história sobre um homem azul que sai nu numa noite clara com um daqueles papéis higiênicos cor-de-rosa? Não contei, Alice? Que engraçado... gosto mesmo de você...*

No caminho, a expectativa do encontro absurdo. A ideia Alice perseguindo-a há quase sempre. Tempestade violentíssima varrendo a rua de seus dias, derrubando projetos perfeitamente fincados na fumaça da realidade. Vendaval Alice exorcizando vontades já extintas.

As pessoas nem desconfiavam de sua tonta alegria. Todas, individualmente preocupadas com individuais alienações. Enquanto as linhas do asfalto passavam, ela lia *Histórias de Cronópios e de Famas*. Esquecera o Carrol em cima do fogão... ou teria sido dentro do forno?

Placas/placas/placas, anúncios coloridos no País das Maravilhas. Na próxima curva, o susto: Alice com seu vestido azul escondendo o gato embaixo do avental branco. Já sabendo de tudo.

— Coração, segura a onda e finge que dá conta do recado!

Um avião anônimo cruzando o céu cinza da cidade grande. Dentro do táxi branco, duas *crianças cor de romã* compartilhavam estranhamente tempo e espaço.

Dentro da mão, bem apertado, um coral de longes mares que trouxera para Alice. A peça mais preciosa de sua coleção de coisas inúteis.

Será que iria ter coragem de entregá-lo? Alice parecia tão adulta... tão cheia de confiança para criar mentiras acreditáveis.

E ALICE É ASSIM:

, a de ombros extremamente delicados. Mas sem dúvida o que lhe chamou mais atenção foram os cabelos. Parece que cuidadosamente cultivados. Cada fio. Já o olho direito dizia que não. A parte mais perfeita era o pescoço. Teve uma hora — ah, se pudesse! — ganas de apertar-lhe até ver desfigurar-se aquelas feições de ninfo... de ninfa, queria dizer.

— E essa aqui, você conhece?
"It's a long, long, long, long way
It's a long way..."

O vapor escorrendo pelo horrível recinto. Atingindo a fresta da porta. Invadindo o quarto dos outros hóspedes. A cidade inteira contaminada pelo ar daquele desejo. Somente o tempo, único sobrevivente, marcava sua presença.

Saíram.

Quando voltaram, notou que Alice estava vazia de respostas.

Decidiu ir embora.

Mais um pouco mais um pouco; bobos prazeres loucos; mais um pouco mais um pouco...

— Por que não disse? Entre aquele quadro e sua boca... ah, a sua boca! Por que não me disse, Alice? Tanto eu queria. Ah, ali mesmo se fazia. Por quê? Por que não me disse?

Agora tudo pretérito imperfeito.

2ª CARTA:

Ainda não estou muito convencida. Mas suspeito que certamente será melhor. Hoje, alucinações em torno do nome você. Muito cedo. Cedo muito. Dorme. Dorme, que dormir é esquecer e lembrar dói na carne viva. Dorme, minha querida Alice. E sonha. Sonha e esquece. Vai pra vida! Deixa que ela veja você olhando pra ela. Mas, por favor, sem sugestões. Defina tudo como um parnasiano. Nada de amores platopoéticos. Depois o moço fica me chamando de romântica em pleno almoço. De

sermões e folhas de alface estou cheia. Sabe o que mais? Teça o
tempo com a linha mais perfeita da memória.
Beijos. Fique alma grande.

Embora não acreditasse em uma palavra, outros códigos depois de conhecer Alice.

Tecer o tempo com a linha mais perfeita da memória; buscar; rebuscar; preencher o vazio com lúdicos artifícios, os mais diversos, para sobreviver ao próprio tempo.

Mas tinha medo. E o medo a fazia lembrar-se do medo.

3ª CARTA:

... daqui a pouco ir... ir daqui... o tempo todo que puder.
Pra não me dispersar... tentar ordenar os sentidos... o sentir... viver é muito peri'gozo... hoje, definitivamente, comecei a escrever uma história. Quero mostrar o começo, Alice:
"De 2000, uma tarde agosto.
Andando. Toda a intenção de. Sem saber ao certo: intuindo. Indo. Ouvindo vento vindo e batendo no ela sendo. Linguagens. De suas predileções, a mais. As coisas todas crescendo ao pulsar de horas. A aproximação arrepiando pele poros e esperas. Hoje e um acumulado de lembranças dizendo que sempre assim e que talvez quem sabe. Alegria estúpida de achar que era o dia".
... não sei como a história termina. Agora, tudo pretérito imperfeito.
P.S. Preciso lhe entregar o coral que ficou comigo.
P.S.2. Sua voz na secretária eletrônica me deixou muito preocupada.

Volta, Alice. Volta pro País das Maravilhas e me deixa aqui em paz...

Tenho que ir agora.

O telefone está tocando...

Será você, Alice?

PLATOPOÉTICO (II)

Quando Alice voltou, trouxe consigo Mary Ann. O Chapeleiro, que discutia comigo o processo de firmação das lágrimas de amor, pediu-me emprestadas algumas palavras diante da mudez que a beleza da menina de vestido azul havia lhe causado.

Com versos furtados, o Maluco então construiu sua definição de Alice:

... a mesma água
sobre a qual o espírito de Deus se move,
um pouco dela bebida no escuro...

Enquanto da bela exalavam sorrisos e gestos, Mary Ann permaneceu toda distração. E era tudo perfeito a ponto de os meus sentidos migrarem à flor da pele de poros e olhos para gravar na tábua das minhas memórias impressões todas: *no meio de suas divagações há uma paisagem que se dilui das mãos, nas mãos; ela espera que o avião...; ela espera o avião; e o avião é uma estrutura sólida de símbolo pousando dentro de olhos úmidos pela certeza da partida, o coração.*

1. A blusa preta de Mary Ann: nunca saber do futuro constrói possíveis felicidades.

2. Para que se entenda: três flores sobre a mesa redonda. Tonalidades.

Três. Era esse o novo brinquedo de Alice. O que mais estava lhe trazendo ansiedades prazerosas.

Com a Rainha Louca havia sido extremamente complicado. Jogava o cetro para cima numa violência absurda: até o tempo de cair, tudo poderia acontecer. Alice adorava perder a cabeça. Garantia-lhe serenidade.

E os dois corações rosados sobre fartos montes claros calavam inteiro o riso seu. A louca dizendo-se apaixonada... completamente apaixonada...

A risada sarcástica ecoava dentro da cabeça de Mary Ann.

Disso tudo eu sabia sem que ninguém soubesse. Mãos pequenas e brancas cortando papéis coloridos.

— Vamos?

DIA SEGUINTE AO DIA:

De setembro, no sétimo dia, sete, aos quais se seguiriam outros três vezes sete, Mary Ann e Alice. Estas, com muitos outros sorrisos, foi que as recebi.

O gato veio e esfregou-se longicorpo às botas pretas de quem, não sendo eu, estava com Alice. O que nos fez trocar alegrias muito silenciosas, conquistadas apenas por aqueles que estão em estado nascente de reconhecimento.

Uma pequena luz explodiu vermelha no coração de Alice.

De posse do mapa, para melhor nos perdermos, saímos.

O LABIRINTO:

Na inocência das horas, o desejo e a dor se formam. E a cada passo, árvores brotavam. Raiz fincando-se à terra, de onde o alimento. Seiva percorrendo veias, vasos, artérias de Artemis. Seiva forjando, nas terminações dos galhos, flechas de que enchia suas aljavas. Duas flores desabrochavam, pétalas negras aveludadas: os olhos que olhariam em meus olhos o mais perto que se pode e até a vertigem.

1º PORTÃO:

Uma espécie de esquecimento necessário. Enquanto discos voadores do lado de dentro do sonho. Enquanto no fogo ossos do dia anterior. Que esfacelassem todos, antes que outros chegassem e viessem perguntar por culpados.

Em vigília, uma incerteza comendo esperas submersas em artifícios de inebriar.

O que seria de nós? Era muito proibido que se pensasse.

— Mais um gole, Alice! Vamos! Conte-me a história do dia em que vocês se conheceram.

...

Desistir. Inventar outra realidade. Passos largos largando passados por onde passa. Será que se pressente quando um ou outro ente se aproxima? Tão femininas. O hálito leve e etílico das narinas das meninas.

2º PORTÃO:

Uma vez, era assim: mãe, filhos e filhas. Essas atentas ordens de alegria e pesar; diligentes; como se suas vistas extensão do olhar materno fossem. A tristeza do outro vivenciada é a que melhor lapida a alma. Pedra nas mãos tirando todas as sujeiras do mundo. Jamais fraquejar.

No entanto ali, era olhomem quem olhava. Desdobrando-se. Recompondo-se. De onde vem? Da solidão dos filhos. Os que não choram.

Olhomem perplexo diante da rosa.

Quando então serenado em si, certo de tudo, a carne bruta diluindo-se no mole dos olhos. Entradas e entranhas do corpo.

Mary Ann, a que havia conhecido a brutalidade e o amor daqueles homens, gaiava-se em suas muitas ramificações. Frutos de segredos maduríssimos que Alice colhia sem cuidados.

— Sementes, Alice. Por que não acreditas? São elas que recolho agora, transformadas em outros frutos.

No quarto, a moça com o diabo no corpo tremia quieta de ansiedade. Músicas como se batidas na porta. Seria então possível guardar em volta de todo o limbo de memórias mofadas uma sala iluminada em que dançasse livre... e somente a dança, e somente a música, nem que todo o resto fumaça e líquido...?

— Seria possível, Alice?

ÚLTIMO PORTÃO:

Os cabelos das meninas roçavam o pensamento de minhas mãos.

— E se fosse tarde; muito tarde?

Sempre fora tarde; extremamente tarde. A contagem regressiva. A ideia de felicidade causando aflição. Bom não se distrair com ela; para não se trair com ela.

— Depressa, por favor, Alice!

Mas Mary Ann me olhou pela primeira vez. Espelho em espelho. E com força absurda. E dentro da imagem de meus olhos revelando a mim o segredo que guardavam.

— Venha, Mary Ann. Vamos dançar!

Meu desejo é nenhuma pergunta. Música e realidade, tudo artifício. Grande efeito do desejo. Qualquer única palavra, cacos de espelhos. Antes de agora e depois e agora. A ideia vagando sem pouso dentro dos olhos. Antes de agora e depois de agora e agora. Tudo dentro do tempo da música.

O presente de Alice é nosso incerto futuro. Veneno de toda possibilidade. Aceitar irrestritamente. Aceitar com o corpo e o sangue. Aceitar toda a máxima ilusão de sua branca figura. Aceitar a sensação de espelho. Olho que olha olho que olha. Antes de agora e depois de agora e agora. Dentro da música.

Na manhã em que acordaremos vestidas de uma antiga alma, a tristeza será infinita. Na manhã em que as irmãs se desconhecerão, todas as delicadezas serão convertidas em recusas. Na manhã em que o espelho não mais refletir, haverá uma paisagem que se diluirá das mãos, nas mãos. Esperaremos o avião sem qualquer lembrança. Esperaremos o avião sem qualquer desejo. E o avião será uma estrutura sólida de símbolo partindo, em mil pedaços, o coração.

DST E LITERATURA

São muitas pessoas e ratos numa cidade como essa. Prédios altos cheios de apartamentos e janelas. E os encanamentos de inúmeros segredos em fios de cabelo e sujeiras que escoam escoam escoam pelos ralos. O lixo deve ser levado para fora. As roupas sujas, limpas urgente. Importante que um cheiro de café ocupe todo o respirável. Enquanto os cúmplices, cada um a um canto. Café e lembranças.

Somente de passagem pela cidade

— O que você achou da dona do bar? Ela não parece aquelas mulheres dos quadros do Toulouse? Ela saiu diretamente de um daqueles quadros e esse bar também pode ser, se a gente quisesse, setembro de 1888 *uma noite em Arles*. Você já viu como tudo tremeluz?

O cabelo já estava caindo na frente. E parece ter sido uma criança educada e pensativa. Intrigada com a lógica, desconfiando sempre da simplicidade. Aos vinte e três anos quase calvo. E calma controlada. Porque havia uma tensão que escapava nas entrelinhas. Poderia falar dos planos de viagens. Toda a vida programada. Berlim. Montevidéu. O espaço do bar sustenta qualquer realidade. A cidade lá fora. Se eles voltassem pra rua do jeito que estavam ia dar mal tudo. Ia dar muito mal. Muitas paixões são dissolvidas ali dentro do bar. Ninguém vai sair e *arruinar-se, ficar louco, cometer crimes.*

— *Ulisses* é jazzístico. E nunca consegui passar da página 150. Sempre recomeço e paro ali naquela maldita página 150.

— Qual é a edição?

— Mas poderia dizer também que é uma rapsódia. E o Bloom é o *Macunaíma* Universal.

Cigarros, álcool, vozes entrecruzadas. Mesa e mãos. Ilhas de possibilidades naquelas fotografias flutuantes aos cuidados do olhar da dona do bar.

O cara chegou à tarde. Não ia ficar muito tempo na cidade. No máximo uns dois dias. Andava com um mapa. Até o momento em que chegou ao prédio da amiga da amiga. O resto, peripécias.

Pelo telefone a voz desenhava traços fugitivos: um corpo, um rosto. Fingimento mútuo em consideração à que não veio. Mas é assim mesmo que as coisas funcionam. O manual de primeiras impressões. A cidade é muito grande. Uma hora ou outra (porque a ampulheta quando vira vai criando os cenários) alguns se encontram e marcam bordados de memórias.

— E como é que ela está?

Uma vez tirou o baralho cigano pra amiga num quarto cheio de velas.

— Tá bem. Fala muito de você.

Perdeu o prazo de tudo. O amor tentou suicídios. E continua no *moto-abismo* de sempre. A cidade é pequena. Ela sente muito. Hermes em fachadas antigas incentiva todos os fuxicos. Ela às vezes se dá mal.

— Espero que bem.

Calor. E ofereceu água quente. O copo colorido. Um cacto na janela. Livros. Olhar o relógio ou deixar a tevê ligada e de vez em quando. Isso não pode. Errou. O cara ia pensar o quê? Fixou muito o olho no dele e balançando a cabeça no ritmo da entonação que vinha. Prestar atenção aproxima. A cidade bojuda embaixo e pontuda em cima. Lembrava um jarro chinês. Veio com uma carta de recomendação do romance que podia ter dado certo.

— Como é que se conhece uma cidade?

Mostrou o mapa. Um objeto-assunto em comum aproxima. E construído ali. As ruas levam à rua. Amarelo e fumaça. Tudo indica que se conformariam memórias bem sedimentadas. Lembra aquele dia?

Os cigarros sobre a mesa. O ajuste do tempo da conversa. Ele mete uma garfada na boca e mastiga já cortando outro pedaço. Passa a língua nos dentes. Presta atenção. Ela fala. Os pés quentes dentro do calçado. Por que não lembrou de pôr uma meia? Suor entre os dedos. Podia ser pior. Os três homens têm coisas entre as pernas e sentam e conversam. E ela achou que podia pedir alguma coisa pra comer. Mas sempre a intenção pendurada. Cinco minutos pra acender o cigarro. Dez minutos com o coração na mão. Trinta anos de idade e ainda aquela cidade mesma.

— Três desse aqui pra mim.

Tinha muito que agradar aquele cara. Se errasse a medida da sinceridade, ia dar tudo mal. Só é que achou o pedido burro. Há trinta anos. É muito tempo com o coração na mão pra ser sempre tão óbvia. Ele pensaria? Os outros dois estavam bem comportados. Mas um não abriu a boca.

O cara comia quieto no assento à frente. Essa inteligência de bar é toda mentirosa no começo. Tem que beber um pouco. Fumar um pouco. Tem que ir bebendo mais. Conversar entre tragos e tragadas. Num dado momento, a comida. E toda a ausência de intimidade, se ainda não existir. Por isso, fingir espontaneidade era forçar a barra. Só bebendo.

— O poeta não é daqui, compreende!? Tenta ir pra São Paulo e ler o poeta lá. Você vai ver uma coisa. Dá muito certo.

— Cara, dá pra perceber isso lendo aquela menina. Mas ela escreve mal. E além disso é bonita demais pra sofrer o suficiente.

O cara mudo voltou não sei de onde querendo conversar. Nunca teve homem ou mulher pra ele. Tudo avulso. A saia dela não tinha sido uma ideia boa. Com o calor as coxas deslizavam. A conversa ia. Aí ela abriu-se um pouco. Como é que ninguém pensa nessas coisas? Calor e pelos. E o cara mudo encostou o cotovelo no braço do cara. Alguma coisa não estava igual. Nenhum dos outros, mas ela sim. O choque da pele entre os dois correu pro olho.

— É só a história que a minha gatinha consegue ler. Eu já apresentei tudo quanto. Mas não tem a mínima vontade de enxergar. Como é que pode voltar pro mundo e reconhecer?!

— Essa opacidade atraente. Contemplar um objeto que não se deixa contaminar pela poesia é fascinante. Principalmente se estiver aberto.

Cruzada mínima refresca. Bem na hora em que o outro cara resolveu contar do peixe minúsculo que se infiltrava no canal da urina e abria os ganchinhos em que se sustentar. Roía tudo por dentro. Só cirurgia pra resolver. Uma espécie de peixe rato.

— O livro está aqui dentro da minha bolsa. É tudo verdade: *A imagem do rato como símbolo sexual chega até nossos dias: nos dialetos de muitas línguas aparecem diversos termos referentes a ratos com conotação sexual. Nesses casos, mais que à fertilidade, a imagem sexual do rato parece ligar-se a uma concepção de penetração, ao medo de sermos agarrados por algo pegajoso e asqueroso. Uma estatística realizada nos Estados Unidos radiografou esse medo: 73% das pessoas entrevistadas colocaram entre seus cinco mais fortes pavores a hipótese, bem pouco provável, de serem atacadas por um rato saído do vaso sanitário em que se sentaram* (Francesco Santoianni).

E o menino de 23 anos se contorceu todo. Mas era hora de ir a outro bar. Tudo fresco lá fora. A permissividade do vento arejava a calcinha dela. Mais tranquila com o movimento externo. O cara estava se localizando no grupo. Se ele raspasse o cabelo todo ninguém notaria. E o cara mudo conversava muito. Cada um ali tinha duas ou três histórias muito boas que sempre repetiam e nunca cansavam. Não foi preciso se falar mais na amiga da amiga.

O álbum do bar exibia suas figuras.

— Olha, se Hegel quiser falar desse copo de cerveja, ele vai abordar todas as possibilidades que circundam esse copo de cerveja sem ter que falar "copo de cerveja".

— E daí eu posso substituir o copo de cerveja por uma outra coisa que vai dar bem certo também?

— Não. Só vai caber ali "copo de cerveja". É o abismo do fundamento. Só lendo em alemão é que você vai entender.

O cara mudo pediu uma vodka. E quando o cara saiu um pouco houve entre eles todos uma confraternização muito rápida, mas cheia de espírito. A noite ia abrindo os seus leques. Se alguém permanecesse no andar de baixo desse bar, inevitável perceber a janela lírica. A noite fica toda azul e as luzes da praça em frente constroem um jogo envernizado deixando as cores novas. Só não se pensa que é um quadro porque a placa do bar balança ao vento.

O cara quis saber o que o outro quis dizer com "gente esquisita".

Ela consertou tudo depois.

— Olha tem uma coisa que eu não contei pra ninguém. Teve uma noite que eu saí de casa pra encontrar um amigo. A gente não se via há muito tempo. Eu tava mal pra cacete. Foi bem estranho.

— A gente sempre vai ser assim, né? Educados pelo monstro. Eu também. Levei pra casa com cheiro de cigarro e bebida. Misturei suor e grito. Mandei embora. Troquei toda a roupa de cama. Tomei banho. Acordei desconfiando de mim no outro dia.

Era um banheiro mínimo. Os outros notaram que eles dois estavam demorando muito. Lixa com lixa. Língua de gato. Boca bruta. O cara puxa o cabelo do outro pra ver melhor a cara do cara mudo. Mas é tudo colado no corpo. Um abraço sólido. Um vem. O outro depois. Um dia o outro cara catou uma por aí que arranhou o braço dele todo à unha. O jeito foi cortar mais e fingir que tinha se acidentado. O cara mudo recitou um poema sórdido. Onde é que aquilo ia dar? Ela pensou na irmã. Um dia em que fugiram de casa com mais duas amigas. Tem uma foto. Os pensamentos daquele dia eram brilho de Sol n'água. Ainda cintilavam.

— E se a gente saísse pra dançar?

A última transa tinha deixado uma coceira e um cheiro muito estranho. Meteu bisnaga por sete noites lá no fundinho. Será que o cheiro havia ficado dentro da cabeça? O outro cara achava sempre ela bonita. E disse que não se preocupasse. Sete noites. Sete dias. O cara mudo voltou dizendo que tinha conseguido só duas. O outro cara não quis.

— Sério, cara?

— Sim, já andei sondando. É tudo michê.

Ela gostava de ver a maquiagem dos homens felizes. Eles acimentam tudo. E põem aqueles cílios enormes. Muitas camadas. Apostava até que a cara era toda esburacada de espinha morta. O cara gostou muito de tudo. Mas nem foi tão fácil assim pra matar. Eles estão adaptando altas dificuldades. O cara mudo fez três bem certinhas. Fazia muito tempo. Saiu e deixou os dois lá. A música alta. Os meninos sem camisa. As meninas. Ela nem gostava. A música batia junto dentro do corpo. E os caras já estavam lá dançando. Mas o cara mudo desistiu. Só dava pra ver a brasa do cigarro. E ela puxava muito fundo para o fogo acender brilhando. Às vezes eles apagavam as luzes e a música batia.

— Tem um quarto lá embaixo! Lá embaixo! É tudo escuro!

Não entendia muito o efeito. Saber que as coisas fazem bem é querer repeti-las no momento em que elas acontecem.

Teria ficando em casa. Ouvindo aquelas trinta e duas variações, mas só a primeira. O cara descobriu o quarto baixo. No outro dia, à tarde, eles dois estariam conversando num café. O cara entrou pra ver e sentir. Ela ia pedir uma água e um café. Já que o cara mudo não quis nada achou o que procurava no quarto baixo. Ela ia pensar que talvez o cheiro tivesse passado sim. Um garoto veio e tatilmente suado. O dia inteiro longo. Ele queria algo pegajoso e asqueroso. Limpar as roupas da noite. O cara foi muito certo e intenso dentro. Limpar as lembranças da noite. E os dois caindo de sentir. Filtrar. Deixar só a poesia da noite. Caindo. No quarto baixo. O pó da solidão solidária. Mas tem coisas tão bonitas. Lembranças como o Sol rebrilhando em superfícies limpas de água. O cara tinha memórias de carne. É sempre possível uma pancália de coisas. Um olho calmo. O cheiro do café e a conversa. Algo bom. Nenhuma intermediação. Os dois.

CUPIDO

▶ tudo noite. Um tumor se denunciando em batidas curtas e frequentes. Aumenta a velocidade. Simula uma dança antes: *vampires always survive*... E vampiros modernos não se contentam com sangue somente. Todas as possibilidades de vermelho. Desejos expressos em roupas sintéticas. Corpo tatuado e ornado de metais fálicos, esféricos, explícitos. Com passo panteral, segue. Instinto puro. A música dentro dela, em convergência para uma concentração maior de cores e sons: agora contínuo: ▶ soundn'soundn'sound'n pulsar denso da batida fluindo. Sincronizando sinapses, sístoles, diástoles. Sensação de imortalidade em ondas sonoras navalhadas por fachos policromáticos entrecruzados. Imortalidade de deuses noturnos sem passado ou futuro. Suprema submissão ao antirracional; ao primitivo que desperta experiências físicas inimagináveis sugeridas por pílulas/ pós/pipes'n drums. Aos olhos e mãos, excessos de matéria disponível. Todos os desejos dentro da pequena caixa de ilusão. E ela sabe disso ▶ ▶

▶ mulheríssima. Sem escândalos. Aquela entrada clássica serpenteando quadris lentamente ▶ ▶ volta olhos curiosos a um suposto que a espera. A boca é vermelha. Os olhos semicerrados em preparação. Movimentos rápidos de ombros acompanhando a batida. Uma leve dança, antes que guardem sua bolsa cravejada de lantejoulas
◀ ◀ e ela prepara-se para. Bota vermelhíssima seguin-

do até a altura do joelho. Pele branca. No underwear yet. Falo taludo quebrando a sincrônica silhueta fêmina. Coisa sólida pesando no meio do corpo. Coisa que ela precisa acomodar com muito cuidado depois de calçar botas de plataforma larga ▶▶ Levanta-se. Beleza movente no pequeno quarto entre milhões de quartos daquela grande cidade que os ratos roem na madrugada. ▶▶ espelho-parede-inteira. Aproxima-se. Mira-se. Admira-se. Que maravilha os avanços científicos! Vira-se. Por trás, difícil perceber qualquer diferença. Pernas juntas. Traço que segue contínuo do côncavo do joelho até onde termina. Redonda. Macia. Tenta um close para o que não se expressa tão explícito: o erótico orifício. Só olhos para o reflexo. Lambe lábios da libido que dá. E a surpresa incômoda surge ferindo o vértice ao meio. Pendendo em peso e consistência. Um insulto àquela mulher. Repreende-o e agilmente prende-o pernas em X. Feminova. A libido insiste. Não esquecer de colar depois a unha postiça do anelar. Necessidades urgentíssimas. Sutilmente mão aberta pelas costas descendo até o sim do corpo dela. Duro e preciso. E polegar na boca inteiro e ligeiro. Língua lépida. *Ai, mãe, dói bem lá! Ai, mamãezinha, compra pra mim aquela cadeira estranha de sentar de sentar de sentar e sentir. Compra, mãezinha?* A coisa na frente pedindo, da boca pro cano, profano apontando ▶▶ borrão no espelho depois. *Quem vai limpar, mamazita?* Em cima do reflexo da coxa, a direita ▶▶ Muito presta quando ficção, guardou o pacote mais quieto no atrás. Uma menina de calcinha preta. Só vinte, e um ânus a mil. Esses segredos. *Como pode tão infinito, se por fora pequenino, mama?* Reconstruiu-se unhas; vestido;

cílios; cheiros e segredos na bolsa cravejada de lantejoulas que ela mesma ► ► ► muita classe. Ofidicamente fêmina. Que endureça só quando estritamente. Enquanto, mantendo-se morno e quieto entre as coxas malhadas; lisas; hidratadas. Sente-se bem. Nada que lhe tire a condição punk-lolita. *Oh, baby, é pra mim esse coraçãozinho vermelho que você tem aí bem no meio?* Se ao menos ► ► olhos atiçam alvos. Ajeita fios que lhe caem à testa mantendo o gesto. Dança com as mãos à cabeça. Luz azul repousa em alvos braços. Alvos de olhares alheios. Ela gosta de dançar de olhos fechados. Atraente. Atrai a sua frente um qualquer ente. Olham-se, nus olhos ► ► querem se às pressas, antes que tudo se desfaça e atrás da cortina um mágico ► ►

► *Abre seu coração pra mim! Abre ele todo pra mim!* ► ► e ela quer inteiro ► ► ◄ ◄ ► ► por que ela precisa sufocar essa coisa ► ► A cara do homem no espelho ► ► *deixa eu meter essa flechinha dura e pontuda do amor no meio vermelho do seu casto coração?* ► ► A cara suada de homem ameaçando o espelho ► ► Atrás a grande sombra avançando e fugindo em grunhidos viris ► ► *Ai, mamãezinha, dói tanto essa similaridade!* ► ► de frente pro espelho *Quem sou, mãezinha?* ► ► os pelos do buço e os ossos do rosto ► ► A mão do pai lhe daria aquele estranho prazer?! E quanto mais a máscara desfazia-se no suor, maior a semelhança ► ► Tudo o que queria era um dia pra sempre nunca mais aquele rosto do pai. O maldito rosto do pai no meio da sua cara assinalada ► ► sem espera, esfrega, falo e fálica imagem, lambuzando-se no reflexo do beijo que nun-

ca existiu *Ai, amor, que o meu coraçãozinho sangra* ‖ ▶ ▶
Nunca, mãezinha, nunca mais chorar por quem só quer que a gente tome no meio do ▶ ▶ ∎

ACASO: *MODUS OPERANDI*

Casa. Sol. Telefone. Fome. Cama. Coisas existem. Qualquer coisa. Feitas exclusivamente para:
cadeira,
cozinha,
geladeira,
etc.
E l a s t i c i d a d e
Daqui a pouco. Que horas, mesmo? Agora? Meio do dia. Fazer. O quê? Comer. Prioridades. E se nunca mais? Ah, não esquecer: para evitar que bata muito Sol: cortinas. Prioridades. Talvez amor. A morte. Única coisa. A fome. As coisas para que o Sol, a luz do Sol, bata certa nelas. Espere. Aquele plano. Esquece. Quase uma da tarde. Zero. Nulo. Nada. Nenhuma vontade. Então: acaso. Pare. Respire. Espere. Ninguém que decida? Nada. Sono que se esqueça? Muito pouco tempo. Roupa. Fome. Prioridades. Vá lá.................
....
... Onde? O quê? Telefone! Música. Pra quem? Qual? Alô?! Cama. Calma! Porta. Quadros. E dentro: nada: nada: nada. Esquece. Levanta. Daqui a pouco. Horas? Fome. É pouco. Atende! O copo. O livro. Depois desse mês. Ah, se. Passando de uma. Coisas. Hoje de manhã. Naquele tempo mínimo. O sonho. Como era? Chuva, não. Tempestade. Atrás da janela. Hoje. Escolha um número. Hoje: 13h15min. Saindo da pele. Hoje, as duas... Meia e meia. Fome. Dentro ainda. Abre. Fecha. Aperta. Espera. Lembra. Porta. Abre. Fecha. 9

8 7 6 5 4 3 abre: entra: entra: entra: 2 1 T. Rua: o que come mata. A fome. Mãe & Filha. Come. Um menino. Hoje: 14h. Abre. Encosta. Sendo que. Quanto mais se afunda. Mais se afoga. Prioridades. Para. Abre. A menina que fala *tu:* queres? Os intestinos. Quase duas. Duas! Preto-branco-sarda. Composição. Com toda a merda que há dentro. Não concordo. *Boa tarde! Boa tarde, gente! Boa tarde a todos.* Vai vir. Sangue. Dentro. Luz:

Branco Retangular Escada Retângulo Maior

VOOooooOOOOOooooOOOOOooooOOOOOoo ooOOOOOOooOooooOOooz

Black. Olho. Aperta. Fecha. Pele. Pale. *Assume pra mim. Assume isso pra mim, PORRA! Que horas são? Ela não está se sentindo muito bem.* Black. Blecaute. Back, baby. Please. Back. *Você pode assumir pra mim?* Dentro. Deeeeeeeepout! Chá. Já? Nada. Sim. N o s o n h o, e l a e s t a v a d e n t r o d e u m a s a l a n o n o n o a n d a r d e a l g u m l u g a r j u n t o c o m a l g u m a s p e s s o a s q u e, a s s i m c o m o e l a, as s i s t i a m l á f o r a, d o o u t r o l a d o, a t r á s d o v i d r o, u m a t e m p e s t a d e m o n s t r u o s a, i m p e t u o s a, i n c o n t r o l á v e l. N a r u a, s o m e n t e j a p o n e s e s e s e u s g u a r d a – c h u v a s v e r m e l h o s s o b a p o e i r a b r a n c a d o v e n t o

NÃO SE REPRIMA

"Convenhamos que o fenômeno da semelhança completa entre dois indivíduos não parentes é coisa mui rara, talvez mais rara que um mau poeta calado". Machado de Assis

Ele parecia o Robby Rosa do Menudo (existiu outro?). E tinha toda aquela agressividade de que as meninas de catorze anos gostam. Elas adoram meninos agressivos e rebeldes. Por que será, hein? A adolescência é muito patética. Mas não estamos aqui para julgar ninguém. Nós, criaturas adultas e invejosas.

Bom, deixa eu falar do garoto.

Era uma cópia talhada e pegável do supermenudo, apesar de ter as pernas um pouco tortas e o nariz... *é meio esquisito o nariz dele, né?* As meninas feias ousavam dizer isso. Talvez como consolo por não ter a mínima chance com "o cara mais bonito do colégio mais popular da cidade". Sim, ele era muito belo. E usava umas calças muito apertadas que acentuavam todos os músculos das pernas... tortas.

Não. Não fumava nem tinha motocicleta. Pare de ficar imaginando coisas! O menudo era só um menino. Estava prestes a completar dezesseis anos. Tinha sido reprovado duas vezes na sétima série.

Malditas expressões algébricas! Só com aulas de reforço.

E a professora particular que a mãe arranjou era lindinha e biscatinha. *Mais com menos: menos. Mais com mais: mais!* Ensinou tudo pra ele.

Quando chegou na oitava, já tinha perdido aquela coisinha que os meninos têm que perder muito rápido porque senão depois fica muito difícil, sabe? Isso! A timidez!

E ele também começou a adorar matemática. Não perdia a conta de quantas meninas já tinha agarrado. Ele e sua inseparável pastilha Halls, *para um beijo mais gostoso! Halls! Só ela gela em cima e esquenta embaixo! Hummmm... Halls: a antológica! Múltiplas técnicas, múltiplos prazeres!* Li isso num fanzine. Coisas loucas!

Só sei que os banheiros do colégio eram completamente pixados de declarações:

Arrenego de quem disse
Que o nosso amor acabou
Ele agora está mais firme
Do que quando começou!
Me liga, R.!
Você é o gatinho que eu pedi a Deus!
Xxxxxxx, 7° B

Eu sou aquela que suspira por você
Enquanto você não me olha e não me vê!
Xxxxxxxxxx, 8° C

Rodrigo (esse era o nome verdadeiro dele... Uau!)
Detesto química, mas...
Ainda encontro a fórmula do amor
Pra jogar no seu cobertor,
E aí você não me escapa, fofinho!

Samanthinha, 1º B (essa ele vivia agarrando)

O mais legal é que ele fazia parte dos meninos da esquina ou da Turma do Ronaldo e seu Skate Endiabrado. Aliás, andei pensando por esses dias na analogia existente entre o andar de skate e o comportamento humano em diversas épocas. Pensei até em escrever um ensaio intitulado *"Considerações sobre o skate, o homem e o tempo"*... quem sabe publicar num fanzine, sei lá...

Na década de 60, por exemplo, os garotos usavam os chamados patinetes. O corpo ainda estava preso, apesar de deslizar naquela prancha com rodinhas. O homem sentia a liberdade, mas não estava completamente preparado para ela. Era cauteloso. Medroso. E o tempo era, portanto, mais interpretável para o sujeito comum. Qualquer criatura achava que escondia um segredo que ninguém podia saber. Ninguém sob hipótese alguma, podia saber. Aí, flores explosivas na Europa de maio pedem liberdade para o corpo e para a mente. O que ganham em troca? Repressão. Repressão. Repressão. Na década de 80... *ei, parece que ninguém tá olhando agora... a gente já pode botar a cabeça fora da toca!* A coisa toda fica mais solta. Mas ainda sob a vigilância temerosa da geração anterior, o tempo desliza e o homem segue o fluxo desse ritmo. Aos poucos e mais o corpo vai se entregando. Alguns conseguem até falar sobre suas encanações... *ei, parece que tem um ponto aqui no meu corpo que se você encostar nele com o seu coiso eu posso sentir coisas sensacionais, cara!*

O lance é que, hoje, os garotos do skate e suas manobras quebradas, fragmentadas, imprecisas, caóticas, simbolizam esse tempo recortado, cubista, fotográfico, blogado, fotologado. Vivemos, mais do que nunca (o Faustão adora falar essa expressão *Mais do que nunca!...* acho muito podre!), a época da fotografia. E o enquadramento mais esconde do que mostra. Os meninos e as meninas voam no skate! Sim, as meninas! Com suas cuequinhas fora da calça (elas também adoram mostrar a cuequinha!)... E não estão preocupados com o tal ponto do corpo que dá aquele baratinho. Muitas sutilezas. Piercing na língua. Língua no ponto de bala. *A modernidade é líquida:* assim falou Zygmunt... Tão líquida que conheço uma garotinha com o nome de Água. *Mãe, eu sou azul!*

Halls?

Aceito!

ATIVIDADE DE CASA

• Complete, com suas palavras, o que você não vê na fotografia. **Atenção**: use a técnica narrativa do skate década de 80.

Uau! Isso é realmente um achado. Não chega a ser um Machado.

Desculpe o trocadilho, prometo que será o único. Por favor, não desligue... O trocadilho é explicável. Tudo nessa vida é explicável, hoje em dia. E antes que você pense que é ridículo que alguém perca tempo fazendo associações desse tipo, primeiro quero dizer que tudo é ridículo para aquele que crê. E segundo que é preciso completar as informações que faltam na fotografia. Portanto, shhhhh!!!!! Leia!

Voltamos à nossa programação normal:

A turma do Ronaldo era um barato. E o Ronaldo era louco de tesão pela Marcinha. No dia em que ele se declarou, a garota tinha bebido tanto que depois de um grande (o primeiro) beijo ela vomitou até as tripas. Ui!

Parece que hoje ela é arquiteta e tem duas filhas bem gracinhas...

Ah, não. O Ronaldo foi preso. Profissionalizou-se demais nessa coisa de pronta-entrega. E ozômi tudo pegaro e amarraro as mãozinha do Ronaldo e levaro ele embora. Sem o skate.

Os meninos da esquina eram mesmo um barato! E o Ronaldo é que conseguia o barato! Eles gostavam de muitas coisas: fumar aquele cigarrinho que passarinho não fuma; andar de skate; jogar volleyball; ouvir Scorpions, ACDC, Dire Straits, Ozzy Osbourne, George Michael; Blitz; Kid Abelha e os Abóboras Selvagens. Tudo o que não fosse Michael Jackson, eles ouviam e gostavam. Ah, como eles gostavam.

Era uma cidade tranquila. Uma cidadezinha qualquer.

Mas o mais legal é que tinha o colégio mais popular e os meninos da Turma do Ronaldo e seu Skate Endiabrado!

Acho que você não teria parâmetros para chegar a uma definição sequer aproximativa do que era essa cidade. Primeiro porque a foto que vou mostrar só traz mesmo os meninos da esquina. Talvez se você conhecesse essa cidade acabasse achando tudo uma bosta. A vida, na verdade, só é ruim ou boa comparativamente. Se não existisse a comparação todas as vidas e todas as cidades seriam o que seriam, nem boas, nem ruins. Só diferentes.

Mas tudo bem, vai! Para se ter uma ideia do lugar e das pessoas que ali viviam, saiba que no dia seguinte à exibição do filme O *império dos sentidos* houve a maior confissão comunitária de que já se ouviu falar. A maior presença masculina de toda a história da Paróquia da Cidadezinha Qualquer.

Nesse dito dia, Robby Rodrigo ficou em casa vendo *Armação Ilimitada* e, antes de dormir, tocou uma punheta para Zelda Scott, a gata mais quente e resolvida da telinha. Dois namorados: *Juba e Lula! Hooo!!!* Era bem bacana.

Na fantasia, Rodrigo Rosa descolava com a boca aquelas duas tarjas pretas de censura que cobriam os peitos e a coisinha dela. Sim! Eu aposto que ele fazia isso.

Andréa Beltrão, que nesse tempo era *uma gata quente, cara!*, também tinha a sua sósia na cidadezinha. Essas falhas criativas de Deus. Não deve ser fácil ser Deus. Já cheguei a pensar que Ele deve sofrer altas crises de produção. Também o Cara já começou plagiando a Si próprio. Claro! Aquela desculpa de criar um ser à Sua imagem e semelhança... Pra mim isso foi o Plágio Original. Depois, quando vieram outras crises, Ele passou a imitar em rascunho as celebridades locais e universais.

Essa garota, por exemplo, parecia a Zelda Scott... E adorava Michael Jackson. Sabia todas as letras de cor... *Billie Jean is not my lover/ She's just a girl!...*

Era uma garota muito diferente. Diferente principalmente no jeito que mexia o corpo pra dançar. Diferente e inteligente.

Quando Madonna surgiu na sua vida foi uma explosão absurda.

Justamente o que ela estava procurando. *Get into the groove/ Boy, you've got to prove/ Your love to me, yeah!...*

Música podia, de fato, ser sua inspiração.

Gostava também do RPM. As meninas de catorze anos tinham loucura pelos caras do RPM. Umas músicas ótimas pra dançar. *E pra um garoto introvertido como eu é a pura perdição...*

Ah, essa garota adorava dançar. A-do-ra-va!

Foi dançando que, aos treze anos, quebrou o dente bem da frente.

Nunca mais se acostumou com sua cara.

Era uma Zelda Scott que não ria pra nada.

Taí um tema bom também pra publicar num fanzine: *Acidentes infantis e sua importância na formação do sujeito.* E daí eu poderia jogar aquela coisa do Adorno que li esses dias. Claro! Você já leu Adorno? Você mesmo! Já leu? Você é jovem, cara? Sim, porque o único adorno que os jovens de hoje PAUSE (o Faustão também adora usar essa expressão "de hoje"... E aí junta com a outra "mais do que nunca", aí fica assim: *"Os jovens de hoje, mais do que nunca...".* Eu detesto frases feitas!) PLAY leem é aquele folheto com instruções sobre cuidados que se deve ter com o piercing.

Isso não foi um trocadilho. Foi? Desculpa de novo. Também detesto trocadilhos. Mas gosto de Adorno. O filósofo, óbvio! A primeira vez que li Adorno lembrei logo dessa garota. Olha se não tem a ver: *Toda a dor e toda a negatividade, motor do pensamento dialético, são múltiplas mediações, frequentemente figura do físico tornado irreconhecível; assim como toda felicidade inclina-se à satisfação sensível e nela assume objetividade (...)*. Eu acho um barato o jeito que esses caras escrevem. Como será que eles eram na cama? Será que o Heidegger satisfazia plenamente a Hanna Arendt? Era o mínimo que ele podia fazer.

Preciso pensar sobre isso qualquer dia. Agora a questão é outra: existia o dente da frente quebrado. E por mais que a menina se olhasse no espelho não encontrava o seu rosto igual antes. Ela era só um dente quebrado bem na frente.

É aí que entra Madonna. Sem que o Adorno saia.

É a música de Madonna que vai libertar a menina de pensar naquele dente quebrado e no quanto sua cara ficou mudada. E Adorno fica, sim, porque ele também diz: *Devemos ser solidários com o sofrimento humano; o menor passo no sentido de divertir alguém que sofre é um passo para enrijecer o sofrimento.*

Por que será que esse cara escreveu todas essas coisas? Parece que o tio era muito travado e um dia uma turma de alunos exigiu que ele levasse suas teorias à prática. O cara simplesmente respondeu: *Eu sou filósofo. Não exijam ação de um filósofo.*

Gosto dele. E acho que esses alunos estavam errados.

O que é que tem Madonna?

Ah, sim, Madonna deixava a menina do dente quebrado feliz. Ela esquecia tudo quando dançava... *Touched for the very first time!*

Mas agora vamos passar a usar a técnica do skate anos 2000, porque essa história está ficando muito chata. E não suportarei que você me mande para aquele lugar. Lá tem estado muito cheio ultimamente.

Ação!

Na noite em que o falso Robby Rosa, o garoto da Turma do Ronaldo, bate uma punheta para a Zelda Scott, que é a Andréa Beltrão, a Zelda Scott falsa, que é a menina com um dente quebrado na frente, pensa que vai substituir o quadro do Michael Jackson que tem em seu quarto por um da Madonna. Mas esse pensamento sofre interferência a cada instante.

Passa por sua cabeça a mais proibida de todas as imagens que uma menina como ela, que tem um dente (o bem da frente, lado direito) quebrado poderia ousar pensar: o rosto do falso Robby Rosa... e aquele seu nariz esquisito.

No exato instante que a moça japonesa passa o ovo cozido branquinho branquinho no sangue que sai da coisinha oblíqua e dissimulada que ela tem no meio das pernas e oferece ao seu namorado japonês, os homens que se achavam no cinema sentem uma cãibra fálica e temem que jamais voltarão ao normal. O coração dispara. A sensação é única. É preciso tomar uma providência... *Ei, parece que ninguém tá olhando a gente agora!*

Um grito anônimo cruza a sala de exibição. Tudo escuro na frente e atrás. Mais com menos. Menos com mais. Mais com mais.

Em sua casa, Robby Rosa procura uma Halls. *Afinal Halls deixa tudo muito mais gostoso!...* Justo a que a menina com um dente quebrado na frente havia dado pra ele.

E ele também acha a menina com o dente da frente quebrado um pouco (só um pouquinho!) parecida com a Zelda Scott. A coisa fica refrescante. Robby Rodrigo Rosa pensa rigidamente na Zelda Scott. Já nem sabe qual delas.

A falsa viu que a mãe desistira de esperar que o pai voltasse da rua.

Todas as luzes apagadas.

Hummmmmm!

Passa a língua pelo dente quebrado e descobre: ... *Ei, parece que tem um ponto bem no corpo dela que sente um barato muito bom quando ela pensa no falso Robby Rosa e no coisinho oblíquo e dissimulado dele.*

Sim! Isso tudo acontecia independentemente da Madonna ou do Adorno ou de Deus. E isso tudo fazia com que essas pessoas dessa cidadezinha sentissem coisas sensacionais, cara!

Alguém tem Halls?

Não dá pra ver.

Essa fotografia não mostra tudo. Parece que a cidade é só o quarto da garota com o dente da frente quebrado; o quarto do falso menudo mandando bala na sua Zelda Scott; o cinema e sua alucinante matemática. Só.

Mas não.

Na avenida principal da cidade, Ronaldo e seu skate endiabrado deslizavam. Homem e skate como se fossem uma coisa única.

Em pouco tempo, antes que a sessão *Madruga, filmes para maiores* acabasse, ele estaria em casa.

Por enquanto, curtia uma fita muito maneira no seu *walkman.*

Precisava urgentemente mostrar esse som pra sua turma.

Agora que ele estava assim com o maluco da cidade que arrumava os baratinhos pra ele curtir na esquina com os garotos da esquina, poderia gravar uns sons muito cabeça:

É proibido proibir...
É proibido proibir...
É proibido proibir...
É o fim, cara!
Corta!

NARRADOR ÁGIL E VELOZ

"Tipo assim": *Pantera de pelo frio e afiado*. Um fluxo cheio de intertextualidades. Neste texto inédito, Assionara Souza alia erotismo a uma sensível visão sobre a linguagem atual e o universo feminino. Dá um testemunho pessoal sobre sua experiência literária. Nos chama para ser o interlocutor: cúmplice de reflexões que vão da sacanagem à solidão e o vazio existencial tedioso dos adolescentes, ao valor da música e transcendência do cinema; da TV e do sexo. Os anos 80 com seu "encanto *radical*" estão aí dentro dessa bolsa cravejada de lantejoulas. Logo que comecei a ler já me peguei criando em traços mais geniais a mulher que imaginava foder.

Os narradores diversos colocam essa prosa ligeira no "mapa", às vezes como Hilda Hilst: de vez em quando como Dalton Trevisan.

A metalinguagem surpreende com a Teoria:

Vivemos (...) a época da fotografia. E o enquadramento mais esconde do que mostra.

E também pega de surpresa pelo lírico das imagens desconcertantes, como em: *aquela ideia que eu tenho de escrever uma história sobre um homem azul que sai nu numa noite clara com um daqueles papéis higiênicos cor-de-rosa...*

Ou: *Esperaremos o avião sem qualquer desejo. E o avião será uma estrutura sólida de símbolo partindo, em mil pedaços, o coração.*

Cecília não é um cachimbo joga o leitor em estampas de revistas repletas de seios mutilados, anorexias, domadoras e engolidoras de espadas.

Sacanagens *(perder o cabaça aos treze anos é foda)*, dum tempo em que gostávamos de pisar as notas musicais de um Pink Floyd. PAUSE, STOP and PLAY: Assionara divaga, discute com ímpeto, lirismo e humor sobre Menudos, Adorno, skate, masturbação, homossexualismo, Halls, Simbolismo, Faustão, Dadaísmo, Epicurismo, Drummond, Caetano, liberdade, insônia. E conclui que o tempo passa e na *inocência das horas, o desejo e a dor se formam.*

Duas notas de cem é igual a quatro notas de cinquenta. Quatro notas de cinquenta é igual a vinte notas de dez. (...) E se ele trocasse as notas de dez e de cinco tudo por notas de 1,OO? Ainda os mesmos duzentos.

Júlio Paulo Calvo Marcondes

SOBRE A AUTORA

ASSIONARA SOUZA. Escritora, nascida em Caicó/RN, em 14 de outubro de 1969. Formada em Estudos Literários pela Universidade Federal do Paraná, foi pesquisadora da obra de Osman Lins (1924-1978). Autora dos volumes de contos *Cecília não é um cachimbo* (2005, 1ª edição), *Amanhã. Com sorvete!* (2010), *Os hábitos e os monges* (2011), *Na rua: a caminho do circo* (2014) — contemplado com a Bolsa Petrobras, 2014; e *Alquimista na chuva* (poesia, 2017). Sua obra tem sido publicada no México pela editora Calygramma. Participou do coletivo Escritoras Suicidas. Idealizou e coordenou o projeto *Translações: literatura em trânsito* [antologia de autores paranaenses]. Estreou na dramaturgia escrevendo a peça *Das mulheres de antes* (2016), para a Inominável Companhia de Teatro. Morreu em 21 de maio de 2018, em Curitiba/PR.

Este livro foi produzido no Laboratório Gráfico
Arte & Letra, com impressão em risografia
e encadernação manual.